国家出版基金项目
NATIONAL PUBLICATION FOUNDATION

十二五国家重点出版物出版规划项目

走向世界丛书

主编　钟叔河　曾德明　杨云辉

FROM EAST TO WEST

杨泰阶等东游日记三种

朱发建　校点

岳麓書社·长沙

本册总目

□

左湘钟东游日记

丛书新序

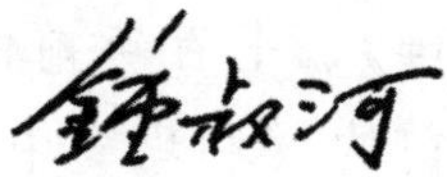

二〇一三年十月

“走向世界丛书”一百种，只收晚清时期 from east to west（从东方到西方）的记述，这并不等于说，只有十九世纪末二十世纪初的中国人，才需要面对走向世界的问题。

纵观人类历史，走向世界决不是什么地区性和阶段性的活动，而是不断出现在全人类发展进步过程中并与之同步的历史现象。一百万年前，人类开始从非洲进入亚洲和欧洲，一万年前，又从亚洲进入北美洲和大洋洲，就是在不断地走向世界。

从有史以来的文献、文物看，三千多年前的《奥德赛》和《出埃及记》，说的是古希腊人和以色列人走向世界——走向地中海和巴勒斯坦。两千多年前的《史记》和《汉书》，写了张骞和后来汉朝“益发使”走向世界——曾走到罗马在西亚的边陲。一千三百年前的《大秦景教流行中国碑》、七百年前的《马可·波罗游记》和四百年前的《利玛窦中国札记》，记下了阿罗本、马可·波罗、利玛窦的 from west to east，这和 from east to west 一样，都是在走向世界。

人类曾因地理、种族、制度、意识形态等原因而互相分离，甚至隔绝。夜郎国的君长初见汉使时问：“汉孰与我大?”当是时，夜郎的世界僻处黔西，其“大”可知；连夜郎都未入版图，则汉之“大”亦远不如今之中国。但人为万物之灵，为了求生存谋发展，总不能老守着自己的一亩三分地，总会要想方设法走向世界——走向更广阔的外部世界。于是，汉要“通西南夷”，要前往原来“道险终不能有”的夜郎；夜郎要问“汉孰与我大”，要想改变原来“不知汉广大”的状况。由互相隔绝变而互相接近，互求了解，这就是走向世界。

走向世界，无论是自己走出去还是让别人走进来（总比让别人杀进来好），无论是主动的还是被动的，从总的历史进程看，用大的历史眼光看，都有利于发展，都是一种进步。对汉朝来说是如此，对夜郎来说亦是如此。两千年前是如此，两千年后亦是如此。上世纪七十年代末开始编辑出版"走向世界丛书"时是如此，如今来继续编辑出版这部丛书时亦是如此。

今天的中国已不再是七十年代的中国，虽然仍称发展中国家，经济总量却早已"超英"，正在"赶美"，但走向世界的路还"漫漫其修远"。时至现代，走向世界当然是要走向现代化的世界，也就是要高度现代化，全盘现代化。"四个现代化"的"四个"——工业、农业、科技和国防，已经"化"出了很大的成绩，而我们的管理现代化，我们的服务现代化，我们的制度现代化……要走的路的确还很长。

现代人走向世界，首先要使自己成为能接受全球文明，有世界知识，有世界眼光，有世界理想的人。"走向世界丛书"杰出的作者，如郭嵩焘、黄遵宪……又如邹代钧、金绍城……他们看到的新技术还是德律风（送话器和最早的手摇电话机)、火轮车（蒸汽机车）……我们如今却已经用上了智能手机、坐上了波音飞机……但在思想层面上，我（不敢称我们）反省自己的世界眼光和世界理想，甚至在世界知识的某些方面，比起一个多世纪以前的郭、黄他们来，差距实在还不小。在这方面，也就是人的现代化这方面，要走的路就更“漫漫其修远”了。

五年前北京奥运会的成功举世公认，它已经成为中国走向世界的一大标志。它的口号：

ONE WORLD，ONE DREAM

“同一个世界，同一个梦想”，这也应该是现代人走向世界的志向和目的，是我们继续编辑出版“走向世界丛书”的志向和目的。

丛书原序

锺叔河

一九八〇年七月

人们常说，今日之世界，乃是一个“迅速缩小的世界”（rapidly shrinking world）。在电视卫星、激光通信和喷气式客机的时代，地球之上各地之间的距离，确实好像越来越短，人们相互间的接触和交流，也越来越方便和密切了。

可是，仅仅在几代人以前，异国还显得那样的离奇和遥远。古代欧洲人说，中国人用小米和青芦喂一种类似蜘蛛的昆虫，喂到第五年虫肚子胀裂开，就从里面取出丝来（Pausanias《希腊纪事》）。古代中国人则曾经相信，西方有种羊羔是从泥土里生长出来的，脐带还连着大地（《旧唐书·西戎传》、《渊鉴类函·边塞部九》）。这类海外奇谈，今天听起来简直不可思议，而在过去上千年中，却一直被当作可信的资料，记载在欧洲和中国的史书上。由此可见，人类文明的发展，经历了一条何等漫长曲折的道路。

为了探索和开辟外部世界，丰富自己的物质和精神生活，各国人民都作过许多贡献。人类文明史像叙说伟大的发明家和著作家一样，将永远铭记着张骞、玄奘、马可·波罗、哥伦布等不朽的名字。我们甚至可以这样说：一个民族从中世纪到现代的历史，也就是它打开眼界和走向世界的历史。

历史的发展从来是不平衡的。当黄河、长江已经哺育出精美辉煌的古代文化时，泰晤士、莱茵和密西西比河上的居民，还在阴暗的原始森林里徘徊。而自从地理大发现和产业革命以来，中国却相对地落后了。在西方实现资本主义的现代化以后，中国还是一个基本上同外界隔绝的古老国家。是鸦片战争打开了中国的大门，也打开了中国人的眼睛。人们称林则徐和魏源为清代最早“开眼看世界”的人，因为西方的坚船利炮打到中国来时，他们首当其冲，亲身感到这个世界在缩小，距离和壁垒再也不能将异国隔离开了。

过去时代的中国读书人，在“严夷夏之大防”的社会里度过了上千年。封闭的外壳被打破后怎么办？守旧派的办法是把脑袋钻进沙子里学鸵鸟，像慈禧太后的大学士徐桐，见到洋人就以扇遮面。就是这个徐桐，在庚子年间焚香叩请骊山老母下凡来“杀尽洋人”，结果骊山老母没有下凡，他自己的老命却白白送掉了。而林则徐和魏源则不同，提出要“师夷长技以制夷”，主张学习外国的长处，以对付外国的侵略。要学习，先得了解，于是林则徐编了《四洲志》，魏源编了《海国图志》。虽然他们未能亲身出国去考察，书的材料靠间接采辑而来，难免有许多谬误，但无论如何，地里长羊羔之类的神话毕竟不得不逐步让位给常识了。

林、魏之后，中国才开始有读书人走出国门，到欧美日本去学习、访问和工作。容闳、王韬、郭嵩焘、黄遵宪和严复等人，要算是最早的。接着出国的人渐渐多了起来，尽管其中不少是奉派而去的政府官员，但既然去了，就不会不接触近代—现代的科学文化和政治思想，也就不可能不在中国发生影响。

“走向世界丛书”专收一九一一年前国人亲历

欧美和日本的记述。自从一八四〇年鸦片战争失败那时起，先进的中国人，经过千辛万苦，向西方国家寻找真理。应该说康有为和在他之前的郭嵩焘、王韬、容闳等人，的确代表了近代中国向西方寻找真理的一派人物。当然，丛书所收的，也并不全属先进的人物的作品；但总而言之这些都是中国人从东方走向西方的实录，自有其文化的意义和历史的价值。

必须指出的是：从鸦片战争到五四运动这一历史时期中，西方国家虽在许多方面比中国先进，值得中国人学习，但国家利己主义的本质，却总是要压迫剥削比他们落后的民族的。中国人走向世界、接触西方，既有一个学习外国长处的问题，又有一个抵抗外国侵略的问题，盲目排外和盲目崇外都是错误的。对于某些作品中不免流露的这类观点，我们将在为各书撰写的叙论中，适当地作些分析，供读者参考。

“洋为中用”是我们今天的主张，也是十九世纪先进的中国人的主张。“师夷长技以制夷”，不就是“洋为中用”吗？当然，随着接触和认识的逐步深入，人们慢慢地看出：仅仅学一点“长技”，搞一点坚船利炮，还是不行的；要救国，只有维新，维新行不通，就只有革命。伟大的革命先行者孙中山，用他自己的话来说，也是在一八七八年出国以后，“始见轮舟之奇、沧海之阔，自是有慕西学之心，穷天地之想”，才树立了推翻清朝建立民国的大志和信心。历史无情亦有情，后人的思想和事业肯定要超越前人，但前人的足迹总可以留作后人借鉴，先行者总是值得纪念的。

今天的世界已不是十九世纪的世界，今天的中国更不是清朝末年的中国。今日之中国，已经逐渐以现代的面貌，出现在世界的东方。但是，世界的进步越来越快，中国的经济和文化等许多方面还需要不断地发展和提高；这就必需继续打开眼界、走向世界。打开眼界以后，还要学会分析，分清好的和坏的。一切好的东西，要拿来为我所用；一切有害的东西，要实行抵制和预防。在这方面，前人的经验和教训，有一些也仍然值得我们注意。

谨将这套丛书奉献给爱好历史和文化、关心中国和世界的读者，希望它能在中国现代化的过程中，起到一点微薄的作用，是为序。

丛书凡例□

一、“走向世界丛书”一九八六年前已刊三十五种，二〇一五年起仍按原定一百种的计划继续刊行，仍然专收现代以前用文言写作的国人考察西方（含开国后的日本）的记述，仍以亲身经历、直接闻见者为限。

二、丛书按作者出国年月排列次序，尽量单行，即以一种为一册；字数过少无法单行者，才以两种或数种合订成册。合订本尽可能以类相从，按第一种出国年月排序；其各种均在封面列出书名，书脊则只列出第一种书名，并在其下注明“等几种”。

三、每种（册）书前，均由编校者撰写导言（叙论），介绍作者有关背景和书中重要内容，酌加评论分析，以供读者参考。

四、丛书均经编校者校订，标点分段，并加边批。边批的内容主要包括三个方面，兹以《随使德国记》为例，举示如下：

1. 标题、提要和说明，如“星使由苏州来”、“普鲁士分一十二省”、“演八十日环游地球的故事”、“如夫人即赛金花”、“‘人工’今皆称工人”。

2. 书中较重要的译名（加括弧注出原文或今译），如“德璀琳（Detring）”、“毕驷马（俾斯麦）”、“布莱门（不来梅）”、“德利风（电话）”。

3. 原文的订正和存疑，如“‘公司船’原无船字”、“‘骁勇’原作‘骑勇’”、“‘薛福成’成字原作辰”、“奥京立斯本应是维也纳”。

五、每种书后，均附人名索引，人名依首字笔画和一丨丿丶乚排列，按年、月、日三节数字查检（正文单页码下均有年、月、日三节数字备查）。如德璀琳之“德”字为十五画，于索引

“十五画”内检得其名下首列“13，8，17”，查正文“13，8，17”在P.3下，即可在P.3上找到（光绪十三年八月）十七日“乘肩舆往拜税务司德璀琳”的记载。

六、每种书后，一般附有译名简释（今昔译名对照，必要时并加说明），亦依首字笔画和一丨丿丶乚排列。如“卜兰墩浦 Brandenburg，勃兰登堡”，又如“勺勾腊 chocolate，巧克力”。

七、人名索引和译名简释的条目，并不限于边批中所举者；边批中所举者，则必皆收入索引和简释。

八、人名索引按年、月、日三节数字查检，其原书不著年、月、日者，则按篇章序号或页码查检。

九、原文因排印（抄写）而出现的明显的文字错误径予改正，不在边批中注出。

十、原文中同一外国地名而作者译法多样，

如缪祐孙《俄游汇编》中“彼得堡”就有“比得堡”“彼德堡”等异文，“莫斯科”也是如此。此种情形，无碍阅读，故一仍其旧，不作统一。

十一、原文中之统计数字均一仍其旧。少量表格中之统计数字，为方便读者阅读，改为阿拉伯数字。个别已经失去时效、并无参考价值的资料，则在说明情况后予以删去。

（十二）丛书均以简体汉字印行；除总序、凡例外，编校者所作导言（叙论）、边批、索引中涉及的数字均按现行规定采用阿拉伯数字。

叙论：各有所见的三部东游日记□

朱发建

杨泰阶游学日本的百日见闻

杨泰阶，江苏太仓人，光绪甲午科举人，清末曾任浙江诸暨县知县。其他生平履历不详。

光绪三十二年丙午（1906）十二月二十日，作者由上海登船赴日考察，至光绪三十三年丁未（1907）四月初回国，前后百馀天。《东游日记》正是记录了这段游历经历的诸多见闻。

与其他官绅东游考察不同的是，杨泰阶的东游还带有游学的性质。初到日本东京，他多次去法政学校听课，并在寓所内阅读《宪法讲义》等书。据日记记载，丙午十二月二十九日，作者与留学同乡学生商定，请法政大学事务员介绍，至法政学校听讲地方制度。主讲教习二人，一系内务省地方局员、法学士黑泽次久，讲府县郡制；一系内务省土木局员、法学士藤堂要藏，讲市町村制。第二天开讲。此后，在作者的日记中，不时地出现去法政学校听讲的记载。至丁未（1907 年）二月十一日上午，二教习讲毕府县市町村制。为了表达对二位教习的感谢之情，同学决定晚上公宴两教习。起初二君坚辞，经翻译坚邀，这才接受。据杨泰阶记载，被邀请时，二位教习很谦虚地表示："某等忝列讲堂，因法政大学事务员竹内义一君谆属，未便固却，素念诸君在贵国皆有闻望，所讲各节未周处，还祈指示，归国如有商质，函递往还亦甚便捷。"席间谈叙甚畅。两教习偶然问及现在中国学生是否还读《四书》《五经》？作者答以照常教读，惟近来不读小注者居多，未免太略。这个回答获得了两教习"深以为然"的首肯。作者还得知，教习他们也是自幼就读《四书》《五经》的。作者等人又询以日本治外法权现与泰西各国一律照办，究竟何时收回？据黑泽教习答云："日本向与中国相同，交涉各事受外人亏不浅，自明治十三年，政府及人民都有此收回之思想，上相大隈伯意拟聘各国律师来襄修律法，已有成议，孰知人民误听旁言，以为倩西人修律，是我国之法被外人操其权矣，我国之人独不可修法律乎？于是随声附和，群起而攻，枪弹如雨，竟与大隈伯大起冲突，并伤其股，修律之举遂中止。迨明治二十三年，仍用西人逐渐修改，至三十年始得修成，所定之律与泰西各国相同。是年，适值各国换约之期，乃将收回治外法权一节互相磋商，而泰西诸国以各有便利，遂欣然承诺。”听到这里，作者感慨：“中国欲收回治外法权，亦何难之有?”

除听讲外，杨泰阶与游日中国同乡还经常到处参观，除风景名胜外，重点参观学校，考察日本教育体系、教育方法，反思中国教育之缺失。如丁未正月初八到东京府荏原郡日本体育学校参观。在体育学校，看到了靶场。该校中国留学生亲自试打靶给杨泰阶等人看。杨泰阶还了解到该校中国留学生人数、该校专业、课程等情况。又如丁未正月二十日参观东京盲哑学校，对该校教学方法深表钦佩。该校盲学教学有三种：一弹琴，一按摩，一针灸，“其盲而兼聋者，则以听声筒传语”，作者以为，“教法之妙，蔑以加已。”该校有中国哑生二人，“非独得之幸福欤”。称赞日本的盲哑学校教育“以残废无用之人，教之使成有用之人，人皆得自食其力，以养其生，功莫大焉。”作者由此感叹：“中国欲教育普及，非兼设盲哑学校不可。”又如正月二十三日参观高等师范学校，赞叹其小学初等教授法“使小儿为游戏，乐于听受，其所教之事，所引证之物，无不了然于胸中，所以启其心思，养其脑力，至为灵捷，以视中国向来教授专重背诵，一变其法，教育即易于普及”；又叹日本师范各科完备，学生入学资格之严，教育之责不轻以畀人，“无非培植人才，出为国家佐治计，安得不慎重出之哉。”又如，如二月二十日，高等师范学生同里王君荩臣来寓，述及连日毕业试验，同场枪替喧闹诸人，均一律贴出榜示校前，谓之“不正当行为”。作者感慨：“嘻！学校之考验认真如是，直与中国院试场规无异。欲求真才，非此不为功，学界中人所当取则。”

当然，在这种参观中，也会出现误读的现象。比如，丁未（1907年）二月二十三日，作者至东京地方裁判所参观，通过裁判所长渡边畅的介绍，了解日本的司法审判制度。论及法官着古服、不着西服，作者解释道：“其服制不用西装者，恐人民骇异，讯断时致疑西人干预裁判，转难折服，是以仍着古服。”实则所谓古服就是类似西方法官专用服饰。

三月下旬，作者延请日人福田清一作翻译，偕同去大坂考察。先后参观了大坂府立师范学校之附属小学校、大坂市立高等商业学校、造币局、金巾制织株式会社、日本制麻株式会社、日本制造法兰绒会社、银器工场、大坂高等工业学校、毛巾株式会社等。日程安排十分紧凑，基本上每天参观两个地方。四月一日，考察事竣，拟回国。特约商业学校预科同乡汪企章一起至北区中岛静观楼，略具酒肴，致谢翻译福田清一。

尽管通过考察、躬历目验，杨泰阶对日本文明有了真切的感受，但他对日本文明的来源依然有自己的见解。其跋云："考日本国各科学，皆师自泰西，而西国之学，无一非萌芽于中国。盖中国自三代而降，教泽寖衰，典文散佚。秦火一炬，古籍益复荡然，而灰烬之丛残，往往流传泰西，灌输各国，西国人得其绪馀，不惮劳神苦思，一一研究，学业乃日益精深发达。如今之所谓各科学，日本师之，又从而经营之、组织之，遂成一完全之规则。"由此可见，杨泰阶是"西学中源"论者，是以"礼失而求诸野"的心态考察日本，其思想之保守由此可见一斑。但该日记系"就目所亲睹、耳所亲闻，或凭诸考验，或得诸传述与问答，或由翻译，参观互证，逐加研究"，虽见识不高，但为我们保留了清末保守官绅对日本观感的第一手史料，具有较高的史料价值。同时，日记中对日本民情风俗的记载也颇具可读性。本次整理以国家图书馆所藏清末抄本为底本。

文恺的东渡求索之旅

文恺，生平不详。他之所以东渡日本，还是有原因的。他以为："海禁大开以后，东西各国往来日繁。非彼此参与考证，即无以审机宜而协情事。拘虚者流，尺见咫闻，惟知深闭固拒，曾不略思变通。激切之士，第震其国富兵强，竞言新政，中国国粹或不知保存。二者殆均有蔽焉。”（《序》）其言外之意，他将于二者折中取长，不偏不倚。又说：“往时读各星轺日记，辄思身履其地。迩来交通便利，私家记载，章奏缕陈，愈臻宏富。游学之情，勃然以动。羁于职司，此志久不能遂。去年九月，将有庆阳之行。念后此游历之期益不可定，是以决然请咨航海东渡，考查学务、政治两界，凡三阅月而蒇事。”文恺的《东游日记》就是记述作者自丙午（1906）十二月二十三日至丁未（1907）三月二十六日期间，游历日本之情形。看来他是在繁忙的政务之中抽出来三个月时间去了一趟日本，以实现他“勃然以动”的“游学之情”。

他的此次考察，正如他序中所说，重在政、学两界，举凡东华小学校、东京本乡区女子高等师范学校、牛込区第四中学校、东京府女子师范学校、东京美术学校、东京音乐学校、东京盲哑学校、高等师范学校、教育博物馆、明治大学等都曾一一寓目。考察学校时，作者关注办学经费、课程科目、办学层次等问题，留意经费问题，以为日本教育之善，不外一“实”字。同时也注意中国在日本留学生情形。除考察学务外，对企业（银行、铁路、邮政、矿厂）、司法、监狱、役所等也有考察。当然，也有对日本风景（如上野公园、浅草公园、日比谷公园等）的描绘以及对日本风俗的记载。其间适逢日本举办劝业博览会，作者也考察世界各国的出产。这些记载堪与他人东游日记互相印证，具有一定的史料价值，也具有可读性。

除对日本的观感外，作者在日记中还记载了中国官员以及留学生在日本的情形。几乎每到一所学校参观，作者都特意留意中国在此所学校留学的人数、去向、状态。所直接交往的中国游历官员也不少，如驻日公使杨枢的随员吴仲成本为作者的旧相识，于作者东游颇多指示；又如潘经士是新选贵州思州府知府，领咨来东游历；又如与作者同寓的王玫伯是广东奉委至日本考察学务者。又如同乡司缉亭为作者充当通译；又如同乡赵徽五经常与作者一同出游。等等。日记中也记载了作者与他们之间的交往与讨论。如二月二十六日日记，赵徽五提出："日本维新以来，市町村制颁于明治二十一年。欧洲各国自十八世纪以来，始认人民自治制度。盖必国家之势力强固、人民之程度高尚，而后可以言自治。否则，国内之团体分散，而国家不足以制之，其妨害治安，有甚焉者矣。故人民之程度发达固有不可遏抑之机，然亦不可徒震其名，致生事实之障碍，斯两得之。"作者认为这番言论"不为无见"。

那么，这次东游到底取得了怎样的收获？作者自谦"非敢谓宏纲细目均能洞悉"，又说"即有一二确见之处行之我国，未必推而皆准"，因"人情风俗，各国不同，岂可强之一致"，但又确信"用以弃短取长，未始非得失之林也"。换言之，作者自信还是窥见日本富强之底蕴。他逐件推求日本及诸列强强大之要素，则"军人资格以敢死为先，学校课程以修身为重，与吾国古籍所言斥战阵无勇为非孝、取士求贤先器识而后文艺者殆若合符节。曾不以国界殊异，机械日新，而此义少有异焉”。似乎在变通与保存国粹之间找到了协调之路，从而立于“拘虚之士”与“激切之士”之上。

“思以耳之所聆，证诸目睹，何者当改弦而易辙，何者就固有而扩充，或可不迷于所向乎?”（见《序》）只是碍于笔者的见闻，没能找到文恺的生平事迹，不知道他有这样的认识之后，所作所为究竟是不是真的如他所说的那样，既能保存国粹，又能变通求强。

本次点校以万宝斋本为底本。

左湘钟的日本政治考察

左湘钟，江西人氏，清光绪十一年（1885 年）乙酉科江西乡试举人。清末任直隶赵州柏乡县知县。庚戌年（1910），因吏部议其“年事已衰，毫无振作”，被照例勒令休致。（《政治官报》，宣统三年二月十五日第一千二百九号，折奏类）宣统二年冬革职。民国元年曾任江西鄱阳县知县。其他事迹不详。

清末“新政”期间，为开地方风气，各地督抚纷纷派遣知州知县等官员赴日游历，有些省份如直隶省甚至规定，凡实缺州县人员，除到任已久不便离开职守者外，新选新任者在上任前均应先赴日游历三个月。在此背景下，直隶省官员纷纷东渡，接受日本新文明的洗礼，选授直隶省赵州柏乡县知县左湘钟就是其中之一。其《东游日记》正是对这次考察的记录。

左湘钟的东游实际上有两次。第一次始于光绪三十三年（1907）二月二十五日，左湘钟由上海虹口搭乘日本三菱公司“博爱丸”号轮船出洋。由上海至长崎、马关、神户，达横滨、东京。在东京，左湘钟曾访江西留学生事务处、中国留学生会馆，访私立习性寻常小学堂、工艺劝业场、高等师范附属小学校、神田高等学校、早稻田大学、济美学校等。但这次游历时间不长，因作者感冒风寒，而于三月杪返程回国，四月初抵国。之后，即多方措赀，准备二次出洋。第二次东游始于光绪三十四年（1908）四月，左湘钟复由上海出发启程东渡，乘“筑后丸”赴长崎。四月二十九日启碇，五月初一日抵长崎，之后再寓东京，直到八月初返国。第二次游历时间较长，达三月之久。这部《东游日记》正是对这两次游历经历的记载。

作为清末直隶省选授知县的一员，左湘钟的《东游日记》颇具代表性，它一方面记载了明治末年日本的各方面情况，另一方面也为我们了解清末地方基层官员如何看待日本、如何反思本国政教文明提供了第一手资料。光绪三十三年三月初九日记，同寓生中有崇拜日本文明者，言“日本文明甲于大地，其农夫俗子下女车夫，皆谙文墨”。对此左湘钟表示“言之过也”，并以自己的经历加以反驳，说：“尝步行小市，见一妇阅书，故作问路者，用铅笔书与看之，则茫然不知。索其书视之，则白话也。”以为某生所言不实。又如，光绪三十四年六月初六日，“同寓友谈日本之民，人人在专制之下，一事不能自由。旅馆住客来去固应报明，即民家亲友往还，警部亦必干涉。凡手艺工人，日进无多，均须抽税十分之一。不如中国百姓，均可自由，无稍干涉也。”但也有坦言中国不足者。如六月初七日，同乡留学诸君来坐谈，“言外国人笑中国洋烟裹足二事者极多，见之论说者亦不少。”对中国的陋习进行反思。

日记中对中国留日学生存在的质量问题也有反映。第一次出游，光绪三十三年三月十七日，作者与友人步行二三里，就看见了二三所私立工艺中小学，问友人何其学校之多，友人答：“近因中国留学者多，新立数十校，专为罗致华人，缩短学之程，滥与证书，但取学费，不计功课，专于谋利，必达其所以经营之目的而后止。而中国之希图速成者，相率而入。于是日人之华屋起，家室富，荒芜僻，货物销。向为旷地，今成市井矣。而华人方源源而来，以灌输之，不察之甚也。”这些记载都很有价值。

据三十四年（1908）五月十一日日记，记载作者为同寓生讲维新之事。这说明作者对日本已有所了解。推究其因，是当时直隶省规定，被选派出国考察的官员，在出国之前，须先在国内接受几个月的培训，具备了一定的知识。

作为肩负“政治考察”使命的官方人士，左钟湘在日期间几乎无一日虚度。旅途见闻，参观之地，无不记录在内；同时在日本的游历也使左湘钟产生了中日对比的思想，这类议论时杂其间。从第二次考察的内容来看，左湘钟重点关注的是各类学校和司法系统，计考察的有东京藤枝银行、陆军学校、早稻田大学、宏文学院等。对各校校园布置、学制、课程等都尽可能地记录下来，并随堂听课，记录在日记中。如在陆军学校听到历史教师在讲拿破仑，“唇口翕张，眉飞色舞，觉英风飒飒，如见其人，足以启发生徒无限思想”（光绪三十四年五月初八日记）。在早稻田大学本部，听法学博士浮田和民讲法学，“讲之者口若悬河，滔滔不竭，听之者振笔捷书，手不停挥。恍闻春蚕食叶之声。”在宏文学院中，作者参观了二年级实验化学课的全过程；在早稻田大学校，作者又观察了一节物理实验课的全过程。这些记载也为我们展示了当年日本课堂教学的细节，颇具现场感。比起走马观花的游历者来，作者可谓深度考察。左湘钟对日本人“教法之良”极表赞同，对日本教育之发达极为肯定，感慨道：“噫！文明之进步，激昂国民，根于教育，其所以使林林总总、其有国家思想者，正非无自也。”（光绪三十四年五月十五日日记）。

有意思的是，左湘钟的日记也反映出当时中国人游历日本风气之盛以及日本人的反映。六月初二日，左湘钟与翻译一起到王子区制纸厂考察，接待方“咨询之下，只答一二语，不甚了了，似觉厌烦”，据云“是日中国来观者三人矣”。

学校之外，左湘钟还参观了日本的司法省，了解其裁判之制，并亲临控诉院、大审院等审判之现场，体会日本司法制度的运作。他观察到，日本法庭中“看者无声息，而堂下无刑具。公案无惊堂，问官无疾言、无厉色。堂上下肃静无哗”，表示“信乎其为文明也”。此外，日本的警察署、消防所、监狱也是左湘钟重点考察的对象。

本次整理以清末抄本为底本点校而成，原抄本封面题“选授柏乡县知县左湘钟东游日记”。

杨泰阶东游日记□

光绪三十二年（1906）

十二月二十日	自上海出发
十二月二十二日	抵日本长崎
十二月二十五日	抵达东京

光绪三十三年（1907）

三月二十二日	抵大坂游历
四月初四日	返抵长崎
四月初六日	返抵上海

□ 据国家图书馆藏清末抄本整理
□ 朱发建校点

32,12,20

光绪三十二年丙午

十二月二十日　上午十时，由上海三洋泾桥永安客栈起程，至虹口三菱公司码头，购邮船株式会社博爱丸二等客位船票，当即上船。同舱者桐庐袁君道冲、宁波金君安卿。约一时许，闻鸣金声，询之经管茶房，述知东洋开船、停船，均须鸣金，通知送行之人及岸上之客，鸣三次方启轮，此第一次也。又一时许，鸣至第三次，船渐离岸出口。岸上同文馆学生及同船各客送行者，男女不下百馀人。洋人皆脱帽举手，以手指船上之客，客均如其礼以答之，洋人妇孺以手巾高擎飏之。船行数里，彼此不相见，始各散归。是日，天气晴和风日佳丽。至晚六时，过黄海，有微浪。晚饭后，稍觉头晕。考博爱丸：容二千六百三十六吨，上等客舱位二十二人，中等二十四人，三等一百五十四人。由上海行三十六时至长崎，由长崎行十二时至马关，由马关行十六时至神户，由神户行二十六时至横

邮船株式会社博爱丸

鸣金三次方启轮

滨，共九十时钟点，此该轮来往定时也。

二十一日 晴。晨起，尚头晕，不耐坐。十二时，浪渐平静。午膳后，登船顶一览，绿波荡漾，光透船唇，有东洋雕回旋樯畔，飞鸣上下，令人倦眼顿开，大有青云之羡。

抵长崎

二十二日 微雨即晴。晨六时，抵长崎口外。至船顶上层，静候验疫。验讫，早膳，进口停轮。约同伴桐庐袁君登岸，陟一小山，适有警察在山演操。至天满神社，社旁树林阴翳森森，古木朴茂可爱，林外庐舍环列，均以卖茶为业，即于此小憩焉。由山转至街衢游览，十一时至四海楼茶饭，系福州人所开，肴馔精洁，如海鱼虾、笋、白菜、东姑等，味颇适口。食毕，寄邮片两纸，一递家乡，一送东京同乡，约至新桥车站照料一切。午后二时，游泽山，峰峦叠翠，时若有云气萦回其间。俯视内港，水光盈盈，浑如碧玻璃一座，其间若高桥、若长堤、若平岸，均巨石砌成，山木松柏居多，苍老异常，大者合三四抱，岩壑多异材，洵有然欤。五时回船，六时开行。

四海楼茶饭

抵门司

二十三日 晨五时，抵门司，对岸名马关，过此即入内海。仍在船顶候验疫，久之医方至，因在前船羁留故也。其时细雨濛淞，风犹□□，天气颇寒。验毕，早膳，进口。微雪，片刻开霁。船上装煤炭满载，至午后一时开行。

抵神户

二十四日 晴。晨八时抵神户，即兵库县。在口外验疫如前，九时进口到埠，由客栈派人来船招接，系广东

32,12,24

人，栈名田中仪助，即将行李等交付来人，偕同船金君安卿、袁君道冲登岸。数武即至街口税所，检查手携小皮包，查阅后，无论有无物件，每包收税小洋两角，谓之码头税。后至一处名曰旅具检查所，查验手提各件甚严，值数百文之物，估价纳税。再至总关，查验行李衣箱，一一检阅，如携火腿食物等，均须纳税，否则，留存关上，回国时交还。查毕，由栈伙送至火车站，买票。是日，火车已开两次，晚间尚有六时开行急行车之票，照价付日洋八元半，加快费洋一元。部署定当，同金君等至伊同乡德泰两替店（钱庄名）小憩，出门步游，登布引山观瀑。山有雌、雄二瀑，对瀑啜茗，徘徊久之。复至东洋料理店（饭店名）午膳。二时，游南宫神社及劝商场陈列所、水族馆等处，几至目迷五色，为之叹赏不置。仍回德泰庄，一路游览，各店货物工作亦甚精良。至理发师剃头。五时，至广东馆面餐，即赴火车站待合所小憩。六时三十分上车，即开驶。七时一分至大坂，八时一分至西京。考急行车每站仅停三分钟，每一小时可行百里，亦云速矣。

码头税

游览各处目迷五色

二十五日　晨八时，抵新桥车站。同里钱君雨生、顾君公亮及侄孙毓湝已候于站，雇一电车同至东京麹町区三番町十番地东洋客栈光荣馆内，与钱、顾两君同寓，颇不岑寂。

至东京

二十六日　晴。午后，早稻田大学法科学生袁君道冲来寓，携取行李。晚八时，第一高等学校第二部学生同乡王君企华、师范学校学生王君荩臣、明治大学法科学生王

留学生来寓

君卓如来寓，叙谭家乡学堂现在情形。

游浅草公园

二十七日　晴，大风。晨九时，诣公使馆呈递游历公文，禀谒公使，未见。午后，同寓顾君公亮、钱君雨生偕至街头散步，游浅草区公园，结构精雅，点缀颇有佳趣。旋至动物园及水族馆，陈列各种物类，穷形尽相，泳游之乐，如在目前。复至博物院，一名珍世界，院中有七足马、两头牛、人头鱼、两人头鱼，并有两日人人干，装以木柜，怪怪奇奇，见所未见。公园四围皆戏馆，日本、印度演剧尤为出色。馆外则层台曲沼，别饶幽致。又有凌云阁十二层，高耸云端，仰见极大寺观，为观音殿，殿五楹，登阁上殿，左右各悬灯，长五尺馀，上书“真正观世音菩萨”字样，香烟缭绕，如入莲花座中。殿前一池水光莹然，溅玉跳珠，潺潺之声不绝于耳。池内供养铁铸韦驮一尊，身装自来水管，喷水至丈馀，仿佛杨枝滴水然。考日本全国人口，共约四十三兆有奇，分设一道厅三府四十五县。东京系三府之一，全市人口现约一百九十馀万，市内东、西、南、北共十五区，东西日程二里分二十六町，南北三里分十二町，町分丁目，丁目分番地，故地面虽广，而路径亦易寻也。五时回。

太属同乡开欢迎会

二十八日　晴。太属同乡开欢迎会于牛込区赤城元町之清风亭，迎宝山视学员王君钟琦及游历东京各员绅，并为苏提学使派来调查小学校、同里吴君子祥亮钦回国，即于是日送别。午后一时，到者齐集五十馀人，由会员崇明钱君警铭演开会宗旨，专为诸君欢迎并送别。所请各同乡

32,12,29

亦先后演说，至五时三十分散会。临行，托同乡介绍，参观法政学堂，回寓已六时矣。

二十九日　阴，狂风飞雪。是日，旅东学生为江淮水灾劝助赈捐演剧，捐洋两元，未往观焉。午后，同乡王君企华、王君荩臣来寓，谈及今日东西洋人观剧颇多，所演皆以劝善为宗旨。晚六时，宝山同乡翰林馆派来、现进法政补修科钱君印霞（淦），及正则英文学校学生、同乡赵君厚生逖来寓，商请法政大学事务员竹内义一君，介绍至法政学校听讲地方制度，明日开讲。教习二人，一系内务省地方局员、法学士黑泽次久，讲府县郡制；一系内务省土木局员、法学士藤堂要藏，讲市町村制。二人分日莅讲，翻译即同乡赵君厚生。同听讲者，同乡王君奏云（钟琦）、沈君商耆（彭年）、王君梓材（钟麟）、钱君玉如（润）等十余人。听讲时刻：月火两曜午后六时至八时，水木金三曜午后三时半至五时半，土曜晚六时至八时，均须照刻到校，迟者不候，再日曜系休息之期，各校例须放假。缘沈君急欲回国开办小学，商恳教习酌定于上午十时至十二时照常演讲。

同乡商请法政大学事务员介绍至法政学校听讲地方制度

三十日　晴。午后六时，至富士见町法政学校第五讲堂听讲地方制度，教习黑泽次久宣讲府县郡制总论及府县法律上之性质。八时听讲毕，适同寓钱君雨生候于校外，邀至神田新春和广东馆夜膳，九时回。

至法政学校听讲地方制度

光绪三十三年丁未

丁未正月初一日　晴。晨十时至神田猿乐町四番地华阳馆，晤同乡王君卓如，偶述明治大学各教习，讲说娓娓不倦，言之详尽，听者莫不神怡，即于馆中午膳。三时半，至法政学校。是日，教习藤堂要藏到堂讲市町村制总论及市町村法人之观念并构成要素。五时半回。

初二日　晴。晨九时至本乡馆铁道学校学生、同乡顾君曙霞（保桢）处，茗谭。三时半，至法政学校，由教习藤堂要藏讲市町村之观念及设立政治的理由。五时回。

初三日　晴，大风。晨九时至本乡汤岛伏见馆浙江程君宗植处，商寄大坂高等商业预科学生、同乡汪君企章尊美家信及洋款。午后三时半，至法政学校，由教习黑泽次久讲府县郡制法人之观念。五时半回。

初四日　晴，大风。午后六时，至法政学校听讲府县郡制。八时回。

33,1,5

初五日　星期，晴。十时，至法政学校听讲市町村制。十二时回。

初六日　大雪，天气严寒，风甚大。晚六时，至法政学校听讲市町村制。八时回。

初七日　晨起阴云四布，午后开晴。六时，至法政学校听讲府县郡制。八时回。

初八日　晴。晨九时，约同乡宝山王君奏云、钱君玉如及宝山高等小学堂音乐舆地教习青浦沈君商耆等九人，至东京府荏原郡大井村南品川海岸日本体育学校参观。由是校学生同乡童君恹中、朱君品之，偕事务员引阅器具室、参考室、各讲堂及外面假扣所、来翰揭示所（揭示即学生往来之信札）、体操场、秋千架、桄子、木马、天桥等，规模甚为整肃。兵式操并演行军法，行列森严，分黑、白帽，互相角胜，如入战场。顺道至中井村观运动会场，场之旁有储枪屋及打巴子排屋。巴子分远、近二处，近一百五十步，远一百八十步。其场在山凹内平阳之地，四围皆山，远巴六个，近巴十八个。巴子前筑一小沟，有看守巴子者，卧沟中以免中伤，俟弹子过后，至巴子面查阅分数。同乡朱、童二君携枪往试，管场员即饬守巴之人，取一红旗悬于高冈树木上。据云悬旗后即有枪弹旁飞，行人或不及避，概置不问。打巴法：立起卧地皆有其排屋，与巴子竖处号数相同。童君恹中开放近巴，三枪中两枪，一红心，一巴子边，功夫尚熟。朱君品之连放五枪，均未着。阅毕，朱、童二君邀至其住宿永华馆午膳，

日本体育学校

运动场试打巴子

是馆本兼科理可宿过客。午后，同至大森八景园，有小山盘旋而上，历一二级至花园，园中梅花万本，正值花时，玉屑搓香，银光眩目，又有红梅一簇掩映其间，旁横卧龙梅一株，老干纷披，相传已历数百寒暑。内有大茶院，布置整洁，兼具酒肴，游人往往于此间宴客。另有小茶室四五处，夹杂花丛，憩息之馀，颇饶佳趣。六时，回神田。下电车时，小雨湿襟，即偕钱君至广昌仁中国料理店夜膳，回寓已八时矣。查体育学生共五百馀人，中国一百五十馀人，日本三百五十馀人。现收第十五期学生，分选科、本科，选科一年毕业，本科一年半毕业。初入学之学生谓选科，至一年并入本科，与日本人同一讲堂。第十四期学生，刻已并列本科。本科教法分学科、术科。学科之目曰伦理、国语、教育、解剖、生理卫生、救急疗法、普通体操学、兵式体操学；术科之目为普通体操、兵式体操，兵式教练射击、游戏、唱歌、水泳术。又，随意科课则剑术、柔术、剃刀、体操、漕艇术。又，瑞典式及独逸式体操为参考科。至选科教法，大致与本科相同，惟学科少国语一门。术科少射击、水泳术，而即将以上二课改作随意科，体学之大略如此。据事务员述及，现在中国体育学生较日本学生容易进境，此亦我国之光也。投考时，中国人仅验身体，日本人须中学堂毕业后方为合格云。

（大森八景园）

（至使馆禀陈调查学堂各节）

初九日　晴。晨九时，偕钱君雨生至本区使馆谒见公使，禀陈调查学堂各节。旋晤随员梁君健侯，浙江人，叙谈良久，云及外务省已备公事，约明后日往取介绍书。外

33,1,10

务省干事员岩村成允在北京多年，中国官话甚熟悉，人亦诚恳，一切情形可详询焉。午后三时半，至法政学校听讲市町村制，并在事务室购宪法讲义一册。五时半回。

初十日 晴。晨九时，浙江同寅卫君仁甫来寓，述及同寅张君献其已到，即同往候，遇于九段坂下，偕至神田仲猿乐町十七番地春水馆寓所，坐谈良久，约明日至外务省拜客。三时半，至法政学校听讲府县郡制。五时半回，灯右阅《宪法讲义》序言、例言二则，是书系东儒美浓部博士讲述，日本帝国大学法科教授兼法政大学讲席，博士本系东国素有令闻之人。

十一日 阴。晨九时，同张、卫二君及译友王君赞唐至使馆禀谒公使，未晤。随员梁君健侯出见，略谈片刻，即至霞关外务省晤岩村成允，述知曾在中国京都日使馆内十二年，略知各省形势，并述调查参观各情甚详，介绍书属礼拜三往取。午后，阅宪法第一节“国家观念之要素”三则。六时，至法政学校听讲市町村制。八时回。

十二日 星期，晴。晨十时，至法政学校听讲府县郡制，十二时回。午后二时，至三崎町明治大学预科学生同乡唐君海平人杰寓晤谈，并请其翻译，当蒙应允，即回。 请同乡唐人杰任翻译

十三日 晴。上午，阅宪法第二节“国家法律上之观念”。午后六时，至法政学校听讲市町村制，八时回。

十四日 晴。上午，阅宪法“国家之发生”。午后六时，至法政学校听讲府县郡制，八时回。

十五日 晴。晨八时，至外务省晤岩村成允，领参观 至外务省领参观学校介绍书

学校介绍书。午后三时半，至法政学校听讲市町村制，五时半回。六时，至神田中国新春和馆，请翻译唐君海平夜膳。

十六日　晴，大风。上午，阅宪法“公法之系统”。午后三时半，至法政学堂听讲府县郡制，五时半回。适常熟小学堂教员、现在日本师范毕业生邹君朗怀来寓，述及毕业考试甚为严厉，另纸起草查出后即搜去，交头接耳即作犯规，提外另坐。八时，接家书一封。

毕业考试甚为严厉

十七日　晴。晨八时，约同乡顾、徐二君至第一高等学校。是日，系第十七纪开学之期，学生于自修室扎彩，各出新意，以为纪念。由是校第二部学生王君企华引阅各处，并有制成铁路小火车与小轮船及花园动物等模型，形形色色，生意盎然。十二时同王君企华至森川町新泉馆午膳。三时半，至法政学校听讲府县郡制，五时半回。八时，早稻田法科学生袁君道冲、同乡钱君警铭（应清）来寓清谈。

十八日　晴。上午阅宪法第三章“国法之渊源”。午后六时，至法政学校听讲府县郡制，八时回。

十九日　星期，晴。晨十时，至法政学校听讲市町村制，十二时回。午后，阅宪法第四章“国家之结合”。

二十日　晴。晨八时，偕王君企华至小石川区指谷町东京盲哑学校，由事务员引至参考室略坐，导阅哑学一年级教室。学生四十人，内中国广东省两人，男二十五人，女十五人，年十三至十六七。教以读本、写字两种。二年

东京盲哑学校

33,1,20

级教室学生三十三人，男二十一人，女十二人，教以数学，年十馀龄至二十左右不等；三年级教室学生二十三人，男十五人，女八人，教以动物各种；五年级教室学生十五人，男八人，女七人，教以国文各科。教习指示周详，先于黑板写明所教何项，复亲至学生前，一一演导之，并作手势以示各物形状。饭堂亦悬黑板，所食之品即于板上写明，以触其悟，为哑而兼聋者然也。有能发明大意，或拍手，或以手势，或点头，令其向黑板前书于板，不合则再易一生书之，务求实能贯通而后已。又至木工器具教室，观其制成围屏、条幅等件，均以杂色木嵌成花树，其形如绘，挖嵌花鸟人物，无不栩栩欲活，嵌楹联字亦极佳妙。图画教室学生七八人，工笔写意都备，所画各件。事务员述知：本届上野开博览会，即送会中以为赛品。再至盲学学生习练弹琴教室及歌室四处，每处五人。训盲学生识字、读书之法，用洋纸以针刺字，纸背凸现针孔，以针孔多少及部位代字母，盲生按摩之即知为某字。其教算术、舆地，亦另有凹凸模形，盖以指代目之法也，谓之按摩法。第四年级学生内，有研究生理学，以锥刺英文，刺字用铜板两片，每片长八寸、阔一寸、厚二分，用时横摆。上一片开小长方眼两排，一排二十七眼；下一片照小长方眼凿六小点，刺字时将纸用铜片夹之，以锥刺入眼内，刺一排提上一排，以字之多寡为限。铜板夹纸后，用小机器以手按之，亦即成字，较手刺尤速。另设手机刺字教室，盲学生八人，两学生于手机上作解剖图，一人按

教习指示周详

机器，一人抽纸，甚便捷。并由教习取出刺成地球全图，据山西同寅翻译李君芬圃述知：此纸系中国地图，缔视之，其文虽不可辨，而较所购石印地图，其形势曲肖。按盲学教法有三种：一弹琴，一按摩，一针灸。其盲而兼聋者，则以听声筒传语，教法之妙，蔑以加已。我国学校大兴，尚未及于盲哑。该校有中国哑生二人，非独得之幸福欤。盲哑课程分寻常、技艺两科。盲生寻常科：国语、算术、讲谈、体操；技艺科：音乐、针治、按摩。哑生寻常科：读方、习字、作文、算术、笔谈、体操；技艺科：图画、雕刻、指物（即小手艺以手工为之者）、裁缝。日本全国盲哑学校共十八处，创于明治十三年。是校哑学生共计三百馀人，盲学生共计九十馀人。盲生毕业后，为针治，为病院抚摩，为训盲教员，为琴师，为法律研究。哑生毕业后，为绘画，为训哑教员，为雕刻，为造琴，为印刻石板师，为裁缝。以残废无用之人，教之使成有用之人，人皆得自食其力，以养其生，功莫大焉。中国欲教育普及，非兼设盲哑学校不可。欲设盲哑学，非酌减文字不可。盖中国文字过多，自识字以至通文，诚非易易，故读书识字者少。泰西各国止有二十六字母，日本五十字母，盲生尚易按摩。其寻常小学校教科书均用日文，惟高等用汉文，故无人不识字，无人不读书。中国各行省现已增设简字小学堂，人人可受教育，数年而后，亦何难驾日本而上之哉。阅毕，仍至参考室小坐，晤校长小西信八君，袖出手册，属为题跋，并述凡来校参观者均蒙不弃，借以奖

盲学教法有三种

中国欲教育普及非兼设盲哑学校不可

33,1,21

励校生云。遂略记数言以应之，回寓已二时矣。六时，至法政学校听讲府县郡制，八时回。

二十一日　晨大雪，午后霁。阅宪法总论第一节“宪法制定之由来”。六时，至法政学校听讲市町村制，八时回。

二十二日　晴，大风。八时，约第一高等一部学生同寓王君孟琴（荫泰浙江人）至赤坂区青山北町五丁目，观东京寻常师范学校并附属小学校。先于应接室小坐，至会议室，校长陇泽菊太郎出见，述知是校创于明治八年，占地一千五十六坪，建筑费三千九百九十七圆。校中教授分男女两部，其学科：修身、教育、国语、汉文、历史、地理、数学、物理、化学、博物、习字、音乐、图画。体操系男生科目，至女生科则多一家事，而以物理、化学、博物改作理科，馀与男科同。谈竟，派事务员导观语言参考室，及地理、历史教室，历史地理参考室，体操场(雨天另设一场，上有天篷遮盖)。寄宿舍六所，每舍十二人，少至六人，两面皆窗，以通光气，极整洁。盥漱室两大间，附壁两行置盥器，皆用凉水洗盥，中国学生不习惯，实则与卫生无碍。旁附浴室、饭厅一所，用长桌，每桌八人，轮一人司饭菜，每菜一篮，人各二色，如厨役剋减舞弊，告知监督督责之。饭时，派一人监视，俾免喧嚣。自修室每间十六人。阅报室汇集中外报纸，旁列书柜，古今书籍皆备，学生课暇，任自披阅。其便所亦甚洁净，常以药水洗涤，无秽恶气。按是校学生，须有中学之

东京寻常师范学校并附属小学校

学科男女有别

中国学生不习惯凉水洗盥

第三年学程度者始得入，意在养成小学校教员，四年毕业，全校学生四百余人。将届毕业期，至附属之小学校练习教授法，毕业期满后即为教员，寄宿校内，兼任管理学校之责。又观物理教室、理化学器械室及实验室、手工教室、金工木工室，制作品甚佳，书箱等尤精于我国。见有铜矩三：二矩股一尺三寸七分五厘，勾七寸五分；一矩股一尺二寸，勾六寸。铁矩一，分寸未及详细。又音乐室，教师按风琴，学生分排立唱，或合班唱，或分班唱，均由教师导之。又诊察室、生徒病室，无一不备，无微不至。旋阅附属小学校，小学讲堂男女学生合教，是为寻常学堂。是校分寻常、高等两科，四年毕业，伦理讲堂后间悬日本天皇及皇后像，使学生常目在兹，皆知起敬，最为严肃。又观博物标本室、理化实验器械室，另设理化讲堂在内。出至女子体操场，地甚宽旷，场后筑一大教室，授以跳舞，雨天即在此体操。女教习教体操，学生三十馀人，年约十四五岁。小学体操五十馀人，均七八岁左右，男女教习各一人，学生上课、下课，一律步伐整齐，虽游戏事亦寓兵法，尚武之风，即于此窥见一斑矣。又唱歌教室，女学生皆执谱立唱，师范生六人立观之。其寻常科：三年男生教室师范生立教缀方，四年男生教室教习字；一年至四年男生教室：一年生听讲，二年生书本国字母，三、四年生书我国字。高等科男生二年级教室，学生均作六角形竹匣，径二十六分、深一寸、边各一寸五分，所用之器：竹、尺、刀、三角板、铅笔。凡师范生教学生，必有他师

伦理讲堂后间悬天皇及皇后像

虽游戏事亦寓兵法

33,1,22

范生参观。三、四年教室，师范生立教化学苛性药品之制法及性质。其裁缝作法教室，师范毕业女生立教寻常科三年女生缝衣。高等三、四年女教室，师范生教地理都邑，记号皆于黑板上绘之；一、二年女生教室，壁上皆粘学生图画果品成绩。寻常科三、四年女生教室，师范生坐教四年学生珠算；一年生教室，学生男女合课，师范生教算术加减。此附属小学校之大略也。二时回寓，三时半至法政学校听讲府县郡制，五时半回。

二十三日　晴。晨八时，偕王君孟琴至小石川大冢洼町高等师范学校参观。考师范有高等、初等之分。初等为小学之母，高等又为初等师范之母。曰高等师范者，以养成师范学校、中学校及高等女学校之教员为目的。国家初办学校，宜多设小学与师范，初等师范为小学之母，其母贤，其子必贤。德法在欧洲，其教法之善，由于多设师范，而以高等之方针为达于学问之极点，盖是校非初等教科可比。初等教科除教育学、教育史及教授法、管理法外，大抵与中学相近。夫初等之教授法，最宜于小学，如：算术则以寻常用物数目示之，地理则以缩小地球示之，使小儿为游戏，乐于听受，其所教之事，所引证之物，无不了然于胸中，所以启其心思，养其脑力，至为灵捷，以视中国向来教授专重背诵，一变其法，教育即易于普及。然其立法之善，皆高等师范为之导其先路也。至校，投介绍书于受付室，由门卫送至应接室，即由应接室派事务员领阅会议室。外即体操场，学生四百五十馀人，

高等师范为初等师范之母

初等之法最宜小学

中国有二十五人。阅全体会堂及地质矿物第一实验室，矿物种类甚多。并阅讲员控室、性理动物学教室、农学实验室，耕田器具、害谷虫标本俱全。据述：食谷毒虫聚入谷中，谷不能发育，甚至枯萎。治法：于夜间手一灯光透稻叶上，其虫见光，飞集灯上，加以杀虫药即消灭。播种器具，形如风车，乘风播种极便利，各国谷种齐备，借资参考。又观动物学实验室、伦理学教室并论理学教室、国语教室、汉文教室、教育学教室。历史标品室，古时盔甲及人骨都有；地理研究室生物标本俱全，几与博物院无异；工艺细品教室、化学第一实验室，制玻璃瓶罐洋灯之类，用料粘于管上，在自来火上以口吹之，逾时即成物件。又经植物学实验解剖室、音乐教室及物理准备室，室中存储各项物料，不能悉数。至附属工场金工室铜器之属、木工室（专做木料）、油漆室，所漆用品，彩画精雅绝无俗艳，与磁器一样光亮异常，漆工之发达若此，其馀各工艺可知。校中学科有三：曰预科，曰本科，曰研究科。预科之目：伦理、国语、汉文、英语、论理学、数学、音乐、体操，一年毕业；本科之科目分四学部：伦理、教育学、心理学、国语、汉文、英语、德语、历史、哲学、言语学、生物学、生理学、体操为第一部，又设随意科科目：法制、经济、音乐。第二部科目：伦理、教育学、心理学、哲学、地学、历史、法制、经济、英语、生物学、体操，又设随意科科目：国语、汉文、德语、音乐。其第三部为：伦理、教育学、心理学、数学、物理学、化学、哲

校中学科有三

33,1,23

学、英语、图画、手工、体操等科目，亦设随意科为德语、生物学、音乐等科目。第四部科目：伦理、教育学、心理学、植物学、动物学、矿物学、生理学、地学、农学、哲学、英语、图画、体操，又化学、德语、音乐为随意科科目。随意四科听学生自择科目以修之，以上三年毕业研究科科目：伦理学、教育学、教育制度、行政法、社会学、哲学、美学、实验心理学、学校卫生、专科教育、儿童研究、教育演习，一年毕业。历观各科，何等完备！未入本科之先，以预科植其基，本科毕业后，以研究科验其实。盖教育进步，视乎师范；师范之贤否，则视乎高等之师范。入是校者，如预科生及官费专修生，须由师范学校及官立、公立学校之毕业生，经文部认可乃行。其中学校程度以上之私立中学校毕业生，由地方官荐举，实系体健品端，再由校长考取。入校资格如此之严，信乎教育之责之不轻以畀人，无非培植人才，出为国家佐治计，安得不慎重出之哉！午后一时回，三时半至法政学校听讲市町村制，五时半回。 历观各科何等完备

二十四日　晴。晨八时，偕王君孟琴至本乡区汤岛町高等女子师范学校及附属小学校。至应接室，由事务员先行导阅附属幼稚园，观一保姆领学生百人，以二十五人为一班，共分四班，幼者四五岁，长者不过六七岁。晨八时到园，午后放回。未上课时，言笑、游戏、喧哗、跑跳皆不之禁；风琴一鸣，则学生垂手停足，寂静无声，各归坐位，严如军令，其服从教令如此，教法可知矣。保姆皆高 高等女子师范学校 附属幼稚园内保姆皆师范生

等师范学校学生，盖教育内本有兼教保姆之法也。旋经博物标本室、博物讲堂、图画讲堂、理科实验室，女学生二十馀人正在工作，已成之玻璃用物各件，俱极精美。又观化学第一室、物理实验室、寄宿自修室，每间八十馀人。又体操跳舞室（室外即体操场），适值演习时，观其操法纯熟，询诸事务长，述悉此系第五年学生。又附属小学校体操场旁，另搭木栅，绿藤环绕，垂荫蓊郁，与蔚蓝天高下相掩映，颇饶逸致。并至参修科家事教室、音乐教室、图书阅览室，学生均可随意阅览。楼上有特别教室，内有暹罗国女学生三人，订明三年为限，本年正当毕业之期。考女子高等师范学校本部课科程共三大科：曰文科、理科、技艺科。其文科分伦理、教育学、国语、汉文、外国语、历史、地理、音乐、体操。理科分伦理、教育学、外国语、数学、物理、化学、博物、音乐、体操。技艺科分伦理、教育学、外国语、物理及化学、家事、裁缝及手艺、图画及图案、音乐、体操。按以上各分科内，如伦理则注重人伦道德、本邦法制，教育学内则注重心理学、保育法、教育法令、管理法、实地练习，其条目之精细如是，亦可谓得其要义矣。又至地理标本室、历史标本室、女学习字室，各种字帖均备。技艺裁缝室能仿制各国衣裳，较家事裁缝更进一层。学生师范四年、高等五年毕业，再入研究科二年。高等师范部学生三百八十馀人，附

女学发达

属高等女学生四百馀人，附属小学校并幼稚园男女孩童共二百五十馀人，统计有千馀人之多。女学之发达于此可

33,1,25

见。午后一时回，三时半至法政学校听讲府县郡制，五时半回。

二十五日　晴。晨八时，同王君孟琴至神田一之桥通町二番地东京高等师范学校附属之小学校。至应接室，晤事务员略谈。据述本校之设，专为大冢洼町高等师范三年生实地试验教法起见，是项学生到校教演，不称教师，名曰教生，借以觇其学业也。旋导至会议室，教习方绘地图。观讲堂唱歌室，男教习正演跳舞，女教习按风琴，学生环列。经运动场，见有小天桥，适两师范生在场教体操，一教师督视，两生系高等师范学校修身体操专修科来此练习者也。考校内共分两部：第一部各教室学生，男二百四十八人，寻常四年卒业，分一学年教室、二学年教室、三学年教室、四学年教室；高等二年卒业。第二部一、二、三、四学年教室，学生男一百二十九人，女九十一人，室悬地图，欧洲图、历代皇居图、职制沿革略表，寻常、高等均四年卒业。两部有华族学生、士族学生、平民学生之分。又观第一部寻常一学年教室，教习字，其磨墨、举笔、摊纸，皆有口令，于黑板书字母，令学生临之。二学年教室教算术、簿计，于黑板上绘圆柱形量器，举立方形量器以示学生，又书算式以教之。三学年教室教算术，于黑板书算式宣讲，学生各演草算。凡师范生教学生，必有一教师在旁监视，防其有教法未周及差误之处，以便回校再令研究，其注重于师范者，可谓慎益加慎矣。十二时回，午后六时至法政学校听讲市町村制，八时回。

东京高等师范学校附属小学校

校为高等师范生试验而设

校内共分两部

学生有华族、士族、平民之分

师范生教学有教师在旁监视

法政学校听讲府县郡制

二十六日　星期，阴。十时，至法政学校听讲府县郡制，十二时回。午后阅宪法总论第二节“宪法之改正”。三时，师范卒业生同乡王荩臣葵忠同明治大学法科学生王君卓如来寓清谈。是日，适日本陆军第十八年纪念之期，爆竹之声不绝于耳，并有如中国之九龙玉蝴蝶等，着以火即冲霄直上，盘旋空际，楼居均望见之，内有日本国国旗，五色斑斓目为之眩，另一长旗大书陆军十八年纪念字样，随风飘飏，宛若游龙。虽系薄技，亦可观焉。嗣二君约同寓顾君公亮、钱君雨生，往靖国神社游览。社内搭一布棚，路旁一带悬灯结彩以为贺，日本臣民之与祭者络绎于途，观者如堵，几无容足地，而出入俱有规则。该处相距数丈馀，设有警察照料，虽妇孺亦无拥挤倾扑之虞，亦可见警察之实效矣。旋同诸君至三崎町扬子江中国料理店夜膳，八时回。

二十七日　阴。晨九时，约明治大学预科学生同乡唐海平（人杰）至日本桥区本石町一丁目东京市立常磐高等寻常小学校。投介绍书后，至应接室，由事务员导阅体操器具室及幼稚园。见体操场内画一大圈于地，教习二人，男一女一，令各学生两人一排，教习在画圈上带领行走，忽疾忽徐，行止皆极整齐，兵法寓焉。幼稚生游戏场地铺四门町，有大木轮盘一架，各幼学生用小椅木马坐于盘上，其馀学生随教习扶同推转；设小秋千架一座，甚低，下用木柜，幼学生立柜中，离地二寸许曳以绳而荡飏之，俾免倾跌。教法甚妙。并视一组、二组开诱室，保姆

幼稚园内兵法游戏

33,1,27

立与幼稚生谈话，幼稚生均坐。幼稚园游戏室，保姆在室隅按风琴，幼稚生行唱，皆以手为节，并附博物室，玩物皆备。又观高等科一学年教室，男教习教英语并书方；二学年教室，女教习教修身；三学年理科教室并唱歌教室，男教习坐按风琴，学生皆立唱；四学年教室，男教习教高等国语读本卷二，女教习教高等国语读本上篇，并学图画。又寻常科三年生教室，男教习教算术乘法；一年生教室三：一室女教习立教数目字，一室女教习立教算术，一室男教习立教本国字母。校中科目：寻常科第一年修身、国语、算术、体操、唱歌，第二年增图画，第三、四年女生增缝裁；高等科第一、二年修身、国语、算术、地理、历史、理科、图画、唱歌、体操、英语、裁缝，第三、四年增商业。其幼稚生每日上午有功课，下午仅令游戏，与汤岛女学之附属幼稚园教法同。阅毕，仍至应接室小坐，事务员出示规程，内列管理一部、教授一部、训练一部、杂件一部及卒业生状况录、沿革志、校舍沿革图、学校一览表、教员事务员俸给额、经常费、需用杂费、儿童在席数、出席数、平均数、儿童父兄职业、儿童移动累年比较各表、成绩各簿。其训练部分体、智、德三项。康健强壮、视力听力，体育也；才能学识，智育也；诚实、热心、自信、自重、刚勇、勉强、忍耐、慎密、精确、威仪、言语从顺、尊敬、信爱仁义，德育也。检阅一过，与校友谈片刻，辞退。考是校在日本桥区之西，其馀有东华校在区之适中地区，东为有马校，北为久松校、十思千

高等寻常小学校

训练部分体智德

校、代田校，南为坂本校、城东校，共八处，规模此校最大。有马次之校内，教习二十馀人，学生一千三百馀人。课程均由文部省审定，与各校大致相同，惟于高等科第三、四学年课程加入商业一科，以日本桥区之商务发达为东京全市之冠，亦因地制宜之意也。午后二时回，六时至法政学校听讲市町村制，八时回。

东京女子师范附小

二十八日　晴。晨八时，同唐君海平到小石川区竹早町东京府女子师范学校附属小学校。投介绍书后至应接室，由校友导观礼法讲堂，较别教室严肃，学生席地而坐，不设桌椅。复观三、四年级教室，历史地理与博物标本室、图画室、待上课休憩室及歌习教室、裁缝教室。裁缝学生二十馀人，自已及别人托制衣件，皆可携入校内。又图画教室，学生十馀人，工笔居多，内有摹仿唐人人物数幅，极精妙，系送入本月博览会者。另有博物室，奇罕之物具备。师范教歌室，学生十馀人，一人在旁踏琴。体操跳舞教室，学生八十馀人，教习在讲堂，指点学生两人一排，围一大圈竞走，进一步则跳舞一次，退一步及转一步则高举其手，均须跳舞，旁坐一练习鼓琴以振作之。再观附属小学校，学生四百馀人，亦有裁缝教室，又有小学体操场，理化仪器及标本室，各品较别校为精奇，并有软体动物及男女全体枯骨（女骨以布饰之，不能揭视）。小学校学生即由师范学生教授，与一之桥高等师范学校规制同，别有教习以赞助之。其教室与幼稚园相距甚近，幼稚园开校才六年，其第一部教室用细竹条，以莞豆装成器具

学校之内各科教室

33,1,28

形，藉为模范，第二教室用小木块，或尖或方或斜角，摆样以教之，如中国七巧图式，惟块数甚多。学生现有六十人，师范生教导时，保姆在旁观察。见有泥塑一桃，令一五岁学生以白粉画桃形于黑板，并添画枝叶，颇肖，保姆拍手赞扬之，其诱掖奖劝如此。热心训蒙者，当知所鉴。其桌面有方格横十纵十，随时教导学生算理。幼学生五六岁入校，二年毕业。另有抛球游戏室，备列嬉耍等物以适其性。并附高等女学校，亦相联合。高等女学生约三百人，五年毕业，课程与他处高等女学校同。本部师范学校课程分修身、教育、国语、汉文、历史、地理、数学、理科、家事、习字、图画、音乐、体操十三科，至第三学年即可为附属小学校之教员。凡入女子高等学校二年者，皆可入师范学校。师范学校专为养成小学校教员也。午后二时回，六时至法政学校听讲府县郡制，八时回。是夜十二时地震。

五岁学生以白粉画桃于黑板

二十九日　阴。晨九时，至外务省晤岩村成允，请其添发参观学校介绍书，略述已阅各校情形。据云：东京现拟酌添小学校数百处方可敷用，因学校以小学为基础也。十二时回，午后三时半至法政学校听讲市町村制，五时半回。

至外务省请添发参观学校介绍书

二月初一日　雨，天气甚寒。上午，牛込区成城学校学生侄孙毓淮来寓，偶述及校中新添规则，夜八时半学生均须点名，无论星期，外出临点不应者，即时记过，榜诸讲堂以示儆。规则之严，可见一斑。三时半至法政学校听

成城学校新添规则

讲府县郡制，五时半回。六时飘雪珠，后大雨。

初二日　晨大雪寸许，九时霁。上午，阅宪法绪论第四章“国家之结合”。午后三时半，至法政学校听讲市町村制，六时回。

初三日　阴，寒，竟日大风。上午，同乡钱君玉如、凌君赠荪来寓清谈，二君系法政学校同听讲者。午后，阅宪法总论第一节“宪法制定之由来”。六时至法政学校听讲府县郡制，八时回。

至法政学校听讲

初四日　星期，晴。晨十时，至法政学校听讲市町村制，十二时回。午后，阅宪法总论第二节“宪法之改正”。四时至集贤馆卫君仁甫寓晤谭，约至外务省取介绍书，复至春水馆张君献其寓，未晤而回。

至外务省取介绍书

初五日　晴。晨九时，卫、张二君来寓，同至外务省取介绍书。午后六时，至法政学校听讲府县郡制，八时回。

初六日　晴。上午，阅宪法总论第三节“宪法之效力”二款。二时，至三崎町同乡唐君海平寓晤谈，请其翌晨翻译。六时，至法政学校听讲市町村制，八时回。

初七日　晴，大风。晨八时，唐君海平来寓，同至神田一之桥女子职业学校，由女干事员导观各处。考是校创于明治十九年，注重技艺，仍兼设学科，入学者不得专习艺科。学科课程：修身、国语、算术、家事、理科、体操，分六门择其最要之大义教之，每三日约授六时，一星期教十二小时。学生分甲、乙两科。甲科三年卒业，每月

女子职校注重技艺

33,2,7

学费一元八角；乙科二年卒业，每月学费一洋三角。学费之多少，随学生程度之高下定之。艺科课程：裁缝、编物、刺绣、造花、图画，分五种每三日约授十小时，一星期教二十小时，亦分甲、乙两科，学生共六百馀人。旋至楼上阅高等裁缝教室，学生八十馀人，均在工作。其补习室，做零星小件绸布都有。转至右边楼上，阅高等刺绣教室。学生七十馀人，俱席地坐，其绣地各篆本，布景配色极精雅。见有绣成之围屏，人物山水及本色绢手巾各种，其绣与画皆女生所自为也。图画室三十馀人，分列四行，各对画稿临摹。造花教室七十馀人，以笔晕色于纸，作数种花瓣式裁剪之，制为花，花瓣与枝叶各人分制，教习先为指点，制成后另置一处，集成一株大小不一。复至造花陈列室，百卉俱全，果木均备。再阅初等教室，以绒绳作手套及小袋等件，配色亦极鲜艳。日本绣品一项，销路甚广，其输入西洋者，每年价值不下数百万金，其获利之厚可知。

学费多少随学生程度高下定

日本绣品销路广

再：校内有本届博览会赛品，另储一间，所制之件，无不巧夺天工，令人可爱。据干事员述及：明治二十六年米国世界博览会、三十三年佛国巴里博览会，校中生徒陈出制品均受赏银牌；内国第四、五回劝业博览会，校生出品皆照有功一等受赏；三十七年圣路易万国博览会，校生陈品受最优等赏，并校长手岛精一及协赞人俱受金牌奖励云。是该校艺术之发达，早为各国所推许矣。至割烹科，校中亦另设一科专习煮炙食味之事，学生二十馀人。参观

校内博览会赛品巧夺天工多次获奖

毕，午后一时，同唐君至上野公园内东京美术学校，投书后在应接室略坐。适值该校学生正在试验，未得参观，即至园外三桥亭西餐。是日，适博览会开会，会场陈列各所本设在园内，偕唐君往观。林际设卖茶榻十馀处，行人小坐啜茗。数武即至阅会售票处，每人大者一角，小者五分，大祭日、星期日加半倍，一票分三条，因会中有第一、第二、第三馆也。当购票两纸，同唐君进第一馆游览，馆中日本货物及各项美术，并学堂仪器、表册、章程无一不备，观者万馀人，几无容足地。因第一日开会，陈列未全，略览一周而出。馆外设一大旋车，形如秋千，高约三丈馀，周围列十八座木屋，每座容十馀人，坐齐后以电气运转。刻因未经装就，尚未售卷。复至茶榻小坐，六时乘电车回。

是日博览会开会

初八日　晴。上午，阅宪法第三章“统治权之性质”。三时半至法政学校听讲市町村制，五时半回。

初九日　雨，天气甚寒。上午，同顾、钱二君至新桥火车站，迎翰林馆派入法政五班速成科同乡徐君少逵（兆炜）来东，并邀暂时同寓以便讨论。三时半至法政学校听讲府县郡制，五时半回。六时，发一邮片寄本乡馆同乡王君卓如，约其明日晨八时来寓，同往翻译。

初十日　大雨，狂风。晨九时，同乡王君卓如冒雨至，衣尽湿，欲往参观，未果。午后雨止，六时至法政大学校听讲市町村制，八时回。

十一日　星期，阴。晨八时，到法政学校听讲，至十

33,2,11

法政学校听讲

二时。是日，黑泽次久、藤堂要藏两教习并至，因府县郡制市町村制适皆完讲，同学者拟于晚六时公请两教习西餐，借表谢忱。二君坚辞，经翻译坚邀方许可，并谦词云：某等忝列讲堂，因法政大学事务员竹内义一君谆属，未便固却，素念诸君在贵国皆有闻望，所讲各节未周处，还祈指示，归国如有商质，函递往还亦甚便捷。并蒙约定同学诸人，三时至内务省办公处借阅省内情形，即回。二时，同钱君玉如、凌君赠荪、王君奏云、沈君商耆先至牛込区市谷町翻译赵厚生处，同至内务省投刺，受付处即引至府县高等控所小坐（如中国之官厅）。两教习一本在地方局，一在土木局办事。会晤后，略叙数言，同至各局所一观。省中共计七处，第一，大臣官房。内附四课：甲、会计课，关于大藏省之财政；乙、秘书科，系掌大臣之进退及地方一切事宜；丙、文书课，系各府县之文件投此，待发各局请大臣裁决；丁、地理课，不由他省管辖之国家馀地均归是课掌之。其馀出版著作权及赈恤救济之事务，亦归大臣管理。第二，土木局。内分道路课、浚水课、工司课、制图课。第三，卫生局。防染疾病及有碍卫生等事，均宜查察。第四，神社局。专管古来向有之神社。第五，宗教局。专管古来所有各宗教。第六，地方局。系理府县郡市町村之事件。第七，警保局。内分图书课、警务课、保安课各处，旁有看守台湾处，亦称总督。不禁感慨系之，教习似有所觉，亦未道观。复至高等控所小坐，教习将平时办案之稿式三纸携赠，并云何项公事用何项纸

至内务省参观

内务省中共分七处

式，系一定办法。

六时，同至青阳楼夜膳，宴以西餐，陪坐者系法政大学事务员竹内义一君，席间谈叙甚畅。偶问及现在中国学生读《四书》《五经》否？答以照常教读，惟近来不读小注者居多，未免太略。两教习深以为然，并知伊等亦自幼读之。询以日本治外法权，现与泰西各国一律照办，究系何时收回？据黑泽教习答云：日本向与中国相同，交涉各事受外人亏不浅，自明治十三年，政府及人民都有此收回之思想，上相大隈伯意拟聘各国律师来襄修律法，已有成议，孰知人民误听旁言，以为倩西人修律，是我国之法被外人操其权矣，我国之人独不可修法律乎？于是随声附和，群起而攻，枪弹如雨，竟与大隈伯大起冲突，并伤其股，修律之举遂中止。迨明治二十三年，仍用西人逐渐修改，至三十年始得修成，所定之律与泰西各国相同。是年，适值各国换约之期，乃将收回治外法权一节互相磋商，而泰西诸国以各有便利，遂欣然承诺。观此，中国欲收回治外法权，亦何难之有？席散回寓，已九时矣。

日本修律收回治外法权

十二日　晨，风雨甚大，窗纸尽湿，外面板窗亦不能开，房内燃电灯方可见物。按日俗：住屋四围本无墙垣，屋外筑短篱、植松木及杂树以为屏蔽，平时卫生极相宜，而阴天殊多未便也。上午，阅宪法统治权第二节第一款“三权分立说”。午后雨霁，同寓徐君翥青、顾君公亮、钱君雨生至上野公园参观动物园，照例购券入览，飞走之属无一不备。园内适由北米洲即美国新购麒麟一对，价值

上野公园动物园

33,2,12

日银万馀元。是日，天气极冷，麒麟最畏寒，尚住木笼内，四面开一圆洞，仅见头角，已资眼福。旋购券观日俄会战图，入门黑暗如夜分，路甚曲折，盖以阳光蓄在上面，阅图方清楚，亦光学家之一法也。数武即登楼，豁然开朗，但见高山远树，人马奔驰，两军交哄之馀，弹雨枪林，血肉横飞，尸骇遍地，不啻亲历战场。日人之往观者，莫不奋然起同仇敌忾、忠君爱国之心。甚矣！一娱目间，皆足动感情。回寓已六时馀矣。

日俄会战图

十三日　阴。上午阅宪法统治权第二节第二款“联邦国主权分割说”。午后一时，宏文学校书记兼山越工作干事员福田清一来寓，同至下谷区徒御士町山越工作所，晤监督寺尾舍次郎，即领阅各工场，均制造学校中仪器，如博物标本、理化器械、矿质标本俱备。并造人体模型，可以解剖，极精妙。人体各部，十馀人分制，皆系工业学堂卒业者。制成则肌肤状貌如生，虽以纸为之，而脏腑筋络，节节可分，讲求生理者宜考察焉。阅博物标本工作场内物料，亦有自中国购备者，工人均在博览会中陈列物件，尚未开工。即于客座小憩，福田清一手示所中出品帐簿一本，阅悉，中国来东采办学堂仪器，是处经售不少。六时回寓，八时微觉地震。

山越工作所参观

十四日　微雨。晨八时，早稻田法科学生同乡王苹华(铸)，并同寅张、卫二君来寓，拟参观裁判所，因雨渐大未果。午后，阅宪法统治权第三节第一款“主权之观念沿革”。

十五日　阴。上午，阅宪法统治权第三节第二款“主权之三种意义”。午后，至望远馆同乡钱、凌二君寓小坐，偕往神田区阅各书店，内有中国广东人所开书坊，大小共有十馀家。当代友人购法政丛编书一部，其价较上海书局略为便宜，六时回。

代友人购书

十六日　阴。晨八时，侄孙毓湝由成城学校来寓，同至上野公园阅博览会第二馆，陈列轮船、火车及制造、织布、开矿各机器，与缫丝、轧花、舂米、拈麦等手机，无不各臻其妙。复至第三馆会场，此馆专备日本体育运动会学生之所筑，有游泳池以备体育家在水中献技。后另设西式浴所，亦甚精洁。正拟往馆外各铺游览，适遇大雨，即就近至森川町新泉馆同乡王君企华寓午膳，借此避雨。六时，雇人力车回。是日，侄孙毓湝因雨留宿寓中。

至上野公园阅博览会

十七日　晴。上午，阅宪法统治权第三节第三款“国家之要素”。午后，同侄孙毓湝至日比谷公园。内有运动场一处，甚宽大，系各学生课馀在此演习。并筑花圃十馀处，矮松甚多，均扎就盆景，牡丹芍药交相辉映。篱边山茶盛开，曲沼旁流，绿阴环绕，虽较浅草上野诸园地面略小，而风景尤胜。闻日人云：此园建筑按照西式布景，落成亦最后，六时回。

日比谷公园

十八日　阴。晨九时，同徐君少逵至三崎町唐君海平寓，晤谈良久。午膳后，偕唐君至上野公园阅博览会第一馆会场，商品环列，有神龙喷水器，水如飞瀑，嘘气成云。并商工学校出品陈设处，所列物件，若农业、若林

上野公园阅博览会

33,2,18

业、若工业、若机械、若美术、若水产，各种靡不精良，女子职业学校出品，制有大花篮一只，高约丈馀，篮内百花齐备，尽态极妍，估价日洋九百元，如购插瓶小枝，至少亦需洋二三元。扎花一技尚如此发达，其他各业之进步更可知矣。六时回。

十九日　晨。风雨，十一时霁，雪寸馀。午后，阅宪法统治权第四节“非主权国与地方团体之区别”。

二十日　晴。上午，阅宪法第三章第一节“国家机关之法律上性质”。午后，高等师范学生同里王君莛臣来寓，述及连日毕业试验，同场枪替喧闹诸人，均一律贴出榜示校前，谓之不正当行为。嘻！学校之考验认真如是，直与中国院试场规无异。欲求真才，非此不为功，学界中人所当取则。 枪替喧闹贴出榜示

二十一日　晴。晨九时，至神田骏河台袋町俱乐部，访早稻田法科生、瑞安黄暾顾曾锴。适他出，晤其弟曾延，系高等工业学校学生，叙谈甚久。据云：本年暑假可以毕业。十二时回。午后，同寓徐君少逵约唐君海平，至上野公园博览会第二馆陈列各所，观原动机器及传动机器、电气机器、试验机器、采矿冶金机器、化学工业机器、染织工业机器、制造机器、印刷机器、工作机器、土木修盖机器等十馀种，每种分类甚多，不可枚举。考日本初次博览会中所陈列机械，仅有人力车、乳母车等类（仿造泰西机械），不敌此次百分之一。各项工艺出品，不敌此次十分之一。近则仿造无遗。国愈文明，机械亦愈 观博览会第二馆

进化。馆内各机，查原动机械部内有石油发动机一具，及染织工业机器部内有铁质、木质织布、制棉、提花、纺织、陶绳各机器部，皆为中国各省创兴工艺之所需。又有手力机器一种，系木质，可以手摇，寻常都用之。复于机械馆见精米机器，一种，地列粹木机，台上制金刚砂臼四，各悬陶杵，下注臼心，左边有半面轮，以革带系于石油发动机，发力以运转之。约三十分时，四臼可制米一斗五升。又一种排列六杵臼，左悬一小轮，以革带系于原动力机运转之，一时可成米四斗。又一种系木质，半轮两杵臼，以人力踏动，十一时可成米一石八斗。又一种一杵臼，有大半轮下贯机轴，以轻便足力踏动三十分时，可成米二斗。中国大可仿制，木质尤易造，效用甚便，价值亦尚廉。会场内并设台湾馆，内陈列诸品皆台地土产，每间有一人照料，并指示各物出处。旋至楼上一览，下临不忍池，风景极佳，专供游人品茶之所，派台湾男女数人专司应接客，至则延入小坐，捧茶一杯，蛋饼两片，酬洋一角，收洋一切亦台人经理。噫！台人竟为东国奴隶矣。良可慨也。

各机器均为中国各省所需

台湾馆

二十二日　晴。晨八时，同唐君海平至下谷区上野公园内东京美术学校。先至应接室，由校友导观日本画科，图画第一年教室，学生习画大都工笔，人物及花卉、翎毛、山水等件，所绘诸品惟妙惟肖，布景远近层列，尺幅具有千里之观。又观西洋画科，油画第二教室，画就杂果小品并古瓶、古碗，其形逼真。石雕、牙雕两教室，有白

东京美术学校

33,2,22

石雕成人兽形，其法先造泥形，又造石膏形，乃造石形。所造人物，一若生成者然。金工教室所置铜品，古式、新式皆精雅绝伦。漆工教室，其学生成绩，各品亦皆光泽莹莹，令人夺目。按学生入此校者，先由中学校毕业。学校内分二课：一预科，一本科。预科一年卒业，学科为绘画、历史、美术史、外国语、雕塑、体操；本科四年卒业，学科为日本画科、西洋画科、图按科、雕刻科、金工科、铸造科、漆工科，而图画则为是校专科。其习画之法，亦以石膏塑成模型，凡人物鸟兽之属，汇列室中以备研究。画美人，则由校中聘请一女，令其端坐，各以泥粉捏仿其形，列诸画室。习绘时，学生四面环坐，正侧斜背无不极意描摹，遂觉活色生香，盎然纸上。至绘花卉，各摘鲜花在手，对景描之，靡不曲尽其妙，可谓神乎其技矣！询诸校长，我国人谙画法、通日语者，即可入此校，须五年毕业，并出示各科成绩品之照片。午后二时，辞出，同唐君至博览会第一馆中，阅矿质陈列处。查日本各地以煤、铜二矿为大宗，而铜色尤以足尾所产为佳。五时回寓。

画美人则由校中聘请女模特

考日本内国劝业博览会，于今已第六次矣。胜俄以来，事业勃兴，其进步之速，实可惊叹。建筑开办费约九十万元，其中六十五万元由东京府担任，二十五万元由东京市之补助，及一般市民之寄附金，丝毫不假国库，实为历届博览会之一大特色。其陈列品物，一为东京府民所采取产出制造之品，二为他府县民及居留外国人所采取产出

日本博览会开办经费不假国库

制造之品。至若从前内、外国博览会，或各府县联合共进会所陈出之品，及明治三十八年以前所采取产出制造者，此次会中皆不陈列。于此，益见新事业勃兴之迅速也。所陈各件，皆悬以纸牌，上书专买特许及出品人字样，以示鼓舞奖励之意。天演之公例，人孰不好名利，必使人人皆有名利之可趋，则事业之竞争亦因之而增长。各国发明机械，检查以后皆有专买特许之证，所以鼓人名利之心，借谋商工界之发达。夫人竭心殚力积数年之经营，以成一世界公用之物，予人便利，其功固不可没，若不予以专利之权，示之鼓励，则仿行伪造，愈趋愈下，发明首创者报酬未得，先受其害，吾恐自此以后，人人咸有因人成事之心，而实业界之进步，亦从此迟滞矣。

机械专买

博览会会场共设三处，有第一会场，第二会场，第三会场之称。内容分十九部一百七十三类，第五次之内国劝业博览会仅分十部五十九类，以此较彼，其实业界之进步可知。第一部为教育学艺部，共分十七类，自家庭教育、幼稚园、小学，以迄各种高等、专门学校之设计，教育之方法，及一切特别之器具用品，罗列宏富，陈设完备，实为教育界上放一大光明。第二部为美术部，共分四类，陈列东、西洋画及雕塑篆镌之美术工艺品。第三部为图案部，共分三类，陈设建筑、美术、工业之诸图案。第四部为农业园艺部，共分十二类。第五部为林业狩猎部，共分七类。第六部为水产部，共分十三类。第七部为饮食品部，共分十六类。第八部为化学制品部，共分九类。第九

博览会场分十九部一百七十三类

33,2,22

部为窑业品、金石品、漆物部，共分十七类。第十部为木竹制品、纸制品、植物制品部，共分六类。第十一部为皮革、羽毛、牙角、介甲制品部，共分四类。第十二部为染织刺绣部，共分六类。第十三部为布帛服饰编织部，共分七类。第十四部为采矿冶金部，共分十类。第十五部为机械部，共分十一类。第十六部为运输通信部，共分六类。第十七部为建筑土木部，共分五类。第十八部为经济、卫生、救济部，共分十类。第十九部为陆海军用品及军器部，共分十类。此外又有特别建筑之处，如第一会场之动物舍、蔬菜馆、人类馆、饮食馆、生花陈列所、盆栽陈列所、植物温室木材出品馆、朝鲜馆、赤十字社馆。第二会场之教育、水族馆、台湾馆、发动机室、瓦斯馆、三菱出品馆。日本三菱会社为著名巨富家岩崎氏所创，其经营事业不知凡几，最著名者为采矿、造船诸事业，今观其陈列之标本模型，殊令人惊羡不置。第三会场为体育会演练之所，位置虽小而运动器械灿然大备，设有运动场、游泳场等处，任人游玩，而各校学生之往观者为尤众。其注重于体育如是，无惑乎强俄之不能以力胜也。 特别建筑

二十三日　晴。晨八时，偕王君卓如至西日比谷町东京地方裁判所，晤所长渡边畅君，略谈。查日本裁判所分四种：一区裁判所，二地方裁判所，三控诉院，四大审院。以大审院为最高等，只有东京一处；次控诉院，全国有七所；再次，为地方裁判所，全国四十九处；最下者区裁判所，全国三百十处以上。虽分四种，而审级则仅有 东京地方裁判所

三，就事之大小别之：事之小者，第一审至区裁判所，第二审至地方裁判所，第三审至控诉院；事之大者，第一审在地方裁判所，第二审在控诉院，第三审在大审院。均至第三审为止，谓之终审。当由所长派人导观民事诉讼法庭，案桌如扇面式，中坐裁判长，左右陪坐判事各一人，又左边书记一人，又右边系检事坐位，是日未到。案前设小桌二张，一面原告及辩护士即律师，一面被告及辩护士，均有坐椅，辩说时方起立，庭丁两人，按民事诉讼提人，不书名只用号码，业既各请辩护士，原、被到案与否，悉听其便，刑事则不然，即有辩护士，原、被均须到案。旁听人在前面，界以横木，并设坐位。官员职服：裁判官高帻褒衣，其服制不用西装者，恐人民骇异，讯断时致疑西人干预裁判，转难折服，是以仍着古服。判长及两判事均紫色衬领，书记用淡绿色，检事用红色，辩护士用白色。其帻：裁判长用紫色绦系之，陪坐判事用棕色带以别之。是日，审一母子争产案，缘其母为于夫故后改嫁多年，屡将夫家之产取用，其子现已成丁，不肯再分，是以涉讼。其母以子为亲生，理应照管，执拗万分。判长判以凡妇人改嫁后，亲权业已丧失，前取之款概不追究，此后不准再行擅取。母、子均唯唯遵判而退。

民事诉讼法庭

法官着古服

是日审母子争产案

旋观刑事诉讼法庭，案桌右旁坐一检事，馀与民事同。惟提人皆用名氏，与民事不同。刑事无须原告，即以检事当之，证据一切均由检事查明后，即可定案。被告欲请辩护士，其费由所中公款开支。陪审两判事，均不问

刑事诉讼法庭

33,2,23

供，遇有磋商之处，皆用笔谈，并录所长与犯人问答之辞。检事与犯人有证质之处，不能不辩，书记仅写供词。被告及辩护士案前设一桌并坐椅，犯罪人旁设一木柜，圈坐在内，讯及何犯，立起辩答。其时，适审盗伤事主之案，已获犯六人坐柜中，襟上以小白布条记其名，系之旁，派一警察看守。判长对一年最轻之犯约二十馀岁，责其不应为伤人之事，该犯狡赖，检事为之辩驳数次，因尚有要犯未获，案未定谳。所内设预审庭，共八处，关防甚严，除原、被告外，外人皆不得入，恐调查证据及访拿同案之犯一有漏泄，难以着手。裁判所判事每日自上午八时至下午五时止，凡地方裁判所判决之案，不服至控诉院呈诉，再不服则到大审院，至大审院无复再诉矣。凡罪名未定之犯，以草具覆其面，俾将来不至无以见人，养其廉耻所以予其自新也。院有法庭二处。查日本定制：已经定罪之犯如有不服，准本人或亲族朋友、辩护士等翻控，期以五日为限，由控诉院审明判定后，如实系过重则减轻之。要其翻控轻减者，或另有其他凭证适合罪疑惟轻之义。诬控则除原罪加重外，并将代为翻控之人一律治罪，与中国反坐之法同，惟轻重悉凭公断，皆依法律，不至有畸轻畸重之弊。有裁判之责者，可不慎欤？午后五时回。

罪名未定之犯以草具覆面

二十四日　阴。晨八时，同王君卓如再至东京地方裁判所，仍由判事渡边畅派人导观控诉院。法庭案设七座，中为判事长，左右陪席判士各二人，馀与刑事法庭同。犯人在左边，亦设圈坐。是日，审一刑事裁判所已定谋杀亲

重审谋杀亲夫案

夫之案，科以重罪，该犯不甘，因此上控判长。以案既由地方裁判议定，何得再行呈诉？该犯涕泪而辩，即以毒药水瓶为证示以实据，瓶中药水所馀尚多，该犯痛哭不已。移时，始言见此药水肝肠欲裂，缘其夫向有精神病，不能谋生理事，以致家中时常乏食，欲送医院调治，分文无措，一日，有途人经过询及病状，据云有某药水可购服即愈，其价亦廉，言毕而去，余信以为实，取衣典钱照购一瓶，俾逐渐试服以治其病，不料水存尚多，而人骤亡，一若故意谋死者。欲将所馀药水取饮，谓是水系害夫之物，而罪及于己，饮此以殉，庶白其冤。见之愈不胜其悲痛。判长睹此情形，亦为爽然，久之乃云：据尔所陈，尔夫之死虽非谋杀，实由尔购药水以致之死也，当允其略从减轻。而退。旋至大审院法庭，规模与控诉院同，惟庭前所列桌椅仅有辩护士坐位。凡案至是院，所辩者全系法律上问题，与犯人已无干涉。是日，观审，仅见辩护士在庭辩驳而已，辩护士条引极繁，一时翻译亦难于缕述。其慎重刑律如此，非即古盛时明慎用刑之义欤？查日本东京市内，其地不过中国之一县市，分十五区，每区皆有裁判所，设裁判官分列民事、刑事，各司其职。且考其未变法以前行政司法，即以一官兼之，明治十四年始仿法兰西制设裁判所，司法、行政遂分两职事不相混，责任以专，至二十三年又参仿德国制，即现行之法制也。午后二时回。

二十五日　晴。晨八时，同王君卓如至左入重州町警视厅，晤文书课长黑柳重昌叙谈，派员导观参考品陈列

警视厅

33,2,25

室。凡各铺制成儿童要货，须由警察局验明无碍卫生，方许发售。其呈验各物，储存室中。复阅器械陈列室，内有各国警察办法、照片，我国北洋警察亦有照片三纸。再至化学实验室，专化食料药品有无毒味。消防器械室有水龙一座，喷水六十馀丈，机器甚巨，另有专装皮管机器两座，均驾双马驶行。按警视厅长仅管东京一府，其品级在府知事之上，虽隶于内务大臣，办事可独断独行，不必预为申明。外府县则另派一警务长专办，不相统属。警察署在东京府内者共二十一处，外消防队、警察分署、巡防派出所、巡防滞在所，均为厅长所辖。旋至警监学校，理事官为小松良，舍监为片冈宽善，专收中国学生。惟巡防学校生皆日本人，且系六个月毕业即由厅给凭，派送各警察署学习办事，并可随地实验学力。内卫生、消防、保安三项，最关紧要。平时学业分两种：一行政警察，一司法警察。当经理事导观各讲堂，学生共四百馀人。询知警察与监狱二科，均二年卒业，卒业后入研究科，一年卒业。其课程分日本语、警察学、警察法、卫生学、卫生法、警察官署组织及官服务、宪法、法学通论、刑法、刑事诉讼法、国际法、行政法、体操礼式、武术实务各科，以上为警察课程。又分日本语、监狱学、监狱法、卫生法、监狱官署组织及官服务、宪法、刑法、刑事诉讼法、体操礼式、武术实务各科，以上为监狱课程。参观毕，回寓已午后一时矣。

警监学校专收中国学生

二十六日　晴。晨九时，乘人力车至越岛町水产讲习

越岛町水产讲习所

所，由所中学生同乡张君公镠导入。是日，适水产开讲第十八年纪念之期，往观士女毂击肩摩，校外空地用大鱼网作围墙，高悬五色彩旗迎风飘漾，亦堪娱目。内设捕鱼各种模型，甚为奇巧，并有引水在高山上，临水亦可捕鱼。其法：用鱼梯，以鱼喜食之物藏于梯内，放在水边引鱼入梯，高处另设一架如踏水车式，用机器摇之，鱼随水上捕之，甚便。《韩诗外传》云：山人足鱼。洵不诬欤？又至陈列各所，凡水属中所产，无不具备。鲸鱼皮用路最广，其厚较牛皮倍之，大蛇皮亦如之，制成皮鞋及皮袋杂件等，颇坚固。其馀珊瑚、晶珠一切，及海味水菜之类，亦均搜集以资研究。另有化学室及冰厂、干烘厂、工作场，制成鱼油甚多，输入各国，可作灯油、造洋烛之用。制油惟鲸、鳄、鲲、鰊四种最佳，以其巨而肉厚也。考日本水产各科，创于明治二十二年一月，先开水产会研究教育，后设传习所，水产之名始著。是校系三十年四月建立，入学资格经文部省认定，照中学校同等。学科有三：曰捞鱼，曰制造，曰养殖。每科分目十馀类，课程分三学级，一年一级，三年卒业。卒业生入现业科练习一年，再入研究科，三年学业方毕。其远洋渔业分九科：曰航海学、船舶运用法、造船学、海洋学、气象学、数学、国际法、船员船舶法、实习等科，每科分目十馀类，亦三年卒业。教育水产之学，日本最为发达，盖其研究学理、技术无微不至，不惜工力，卒收大利。滨海之国，水产正未可忽视也。十二时回。午后，至早稻田大学商科学生黄世兄敦卿

水产学科有三

33,2,27

寓清谈，并述及是校非熟英文不能考入，功课亦极繁重。五时回。

二十七日　晴。晨九时，至外务省晤岩村成允，请其发参观监狱介绍书。据云：此书须由司法省知照典狱官，外务省不能径达，当取转司法省一函。十二时回，至集贤馆卫君仁甫寓午膳。午后二时，同卫君阅东明、南明两处劝工场，略购零星物件即回。

二十八日　阴。晨八时，偕同里唐君海平至司法省请介绍书，因大雨，半途折回。午后，阅宪法总论第三章第二节“国家机关之种类”。

二十九日　阴。晨八时，至驹入追分町第一高等学校参观。是校第二部学生同里王君企华出晤，即由事务员导 第一高等学校
观论理教室，规模宏敞。经化学实验室、定性分析室、定量分析室及学校自备电灯储电室与摄生室（即医院），外即运动场。又经教员及教长室，观生物学、地质学讲堂，其坐位向后渐高，容七八十人，堂内有人骨全具及人体模型一。生物学室、地质矿物室标本甚精。旋经阅览室，内藏我国书籍甚多。是日，适学生均往隅田川竞船运动，未上课。考此校为帝国大学之预备科，三年毕业，递升大 帝国大学预备科
学。专科分三部教授，第一部为文法二科之预备科，第二部为农工理三科之预备科，第三部为医科之预备科。第一部之教授科目：伦理、国语、汉文、东西洋历史、地理、心理、论理、经济通论、法学通论、英文、德文、法文、兵操。学法法科者，习英、法两文；学德法科者，习英、

德两文；学英法科者，习英、德两文。第二部教授科目：伦理、国语、汉文、外国语、代数、三角、解析几何、力学、测量、物理、化学、地质、动物、植物、矿物、图画、兵操。第三部教授科目：伦理、国语、汉文、数学、物理、化学、动物、植物、生理、英文、德文、拉丁语、兵操。第三部功课最注重德文，盖世界医学进步首称德国，日本医学取法乎德，大学医科参考书以德文为主，高等专门医学校亦无不兼修德文，近年以来竟有蒸蒸日上之势，故日本医学有世界第二之称。日本高等学校共有七所，此校建设最早，教授精密，称为全国高等学校之模范，彼都人士咸争趋之。学生近千人，而限于额数，每年入学考试遗弃者恒十之六七。我国学生留学此校者现有二十三人，内一部三年级八人，一部二年级一人，一部一年级二人，二部三年级四人，二部二年级七人，三部一年级一人，大半皆学部奏派者，外省官费及自费者仅五人。上年，工科大学之毕业有何熽时、陈榥二君，皆由此校毕业而递升者也。再：此校风气以勤俭尚武著，学生率皆蓝缕敝帽，不事修饰。课馀之暇多从事于运动技术，有击剑部、柔术部、野球部、竞船部、弓术部，各就所好，日事练习，其尚武精神，概可想见。盖日本尚武之风，不独此校如是，自小学以迄大学无不注意，从可知彼国武士道、大和魂之所以养成军国民者，匪一朝一夕之故有以致之。参观毕，即从王君至神田扬子江中国料理店午膳，并至九段劝工场一览，回寓已三时矣。

第三部最重德文

建设最早教授精密称为模范

校风以勤俭尚武著

33,2,30

三十日　晴。晨九时，同唐君海平至樱田町司法省呈外务省公件后，因司法大臣松田震久是日未到，即由监狱部员填写参观证，并询翻译系何处学校？注明证书，如尚有同观之人，亦须注在书内，盖恐旁人混入，或致疏忽，亦慎重之意也。谈片刻，即导观各裁判所、各检事局，二处皆司法大臣所管辖。又观会议室外，有大臣官房及职员课长室、监狱局长室、宿直室。馀分设六课：曰文书课、狱务课、会计课、营缮课、秘书课、庶务课，六课中惟狱务为最繁。阅毕，取介绍书回。午后一时，雇人力车至北丰鸟郡巢鸭村监狱所，由当直室、典狱室经过，至应接室，典狱官山上义雄出晤，即陪往各处参观。是狱犯人共二千二百馀人，最轻者监禁六月，重者至十年，最重者为长期监禁，即中国之永远监禁也。每犯十人派一警察看管，二时半换班。犯人满限出监及新入监者，均于牌上记明，入监后询其向业何项，即发某业厂工作。各犯到工厂，记号不记名，服饰即换赭衣，其色甚淡。观第一、二场，东部一面用机器摇纱，内间织布，各色均备；南部专捶铁丝，西部裁缝，专做日人衣服；北部做日本木屐，及裱糊匠又做储货木箱。第三工场，东部刷印书籍、报纸、草帽，手工南部摇纱织布匹，手工北部造脚踏车，西部仿制古铜玩物。第四工场，西南部均摇纱织布，各色俱备；东北部专做军人戎服。第五工场，四部专做洋伞，各部分制伞上幔布及伞骨、伞干、伞把各项。第六工场卷粗细麻绳，及做竹篮、竹箱。历观各工场，适当工作并有劝谕奖

参观巢鸭监狱所

工场分工

励之语粘贴厂内，每一工场外有大空地栽花木，以供赏玩，星期日集各讲堂听讲，化诱以期改过。复阅煮饭厅一所，用气水蒸熟，饭内米四麦六，每人一罐，其罐大小不等。装罐时，事务员派人秤定轻重，方送入工厂，各犯分食，工作懈惰者饭亦减少，工作勤力者饭加足。另有奖钱，每日各人勤惰由看管人登记，厂中出售之货物，提资本外所得利息，该犯得四成，汇记一册，期满释放时并给，俾可借此生活。浴所两大间，一间两池，各犯分日轮洗。监房共十所，分第一监至第十监，每监分两排，三十间一排，对面一样，共六十间。每间容七人，上面开一大方孔，用木栏之以透空气。一面为厕所，盖以平方形盖板与地平；一面为盥所，门旁置板一片，列有书籍。楼上存置物料及犯人衣服，病犯之衣均用白色器具，如茶壶、饭碗、菜盆用玻璃料，此项器用从前均用粗窑，近渐改良。另有医务室、调剂室，分内、外科病室，共二十间。重者一间多至四人，轻者十人、二十人不等。室外均栽花木。后边疯病一室十六人。肺病、精神病（即痴癫）置别室五所，每室均十馀人，此种病室与寻常病室相隔尚远，恐其易于传染以重卫生。另备暗室两间，每室十二方尺，高约七尺馀，中间隔断，门极矮小，必须俯伏乃能出入，门扃则黑暗如漆，惟墙外开一小圆孔借以通气，上系以铃，按之即响，此系犯人不守规则，发往幽闭，以冀悔悟。禁锢之期限，以犯过之重轻定日之多少，自一日至五日不等。再：犯人进厂工作时，各处电话及巡防警察须预为布

33,2,30

监狱看守防卫周密

置，恐各犯麇集，设有暴动，以备不虞。总门夜间专派一警察看守，亦二时半换班，其防卫可谓周密矣。狱中看守者，待犯人不准欺凌苛虐，上等社会人犯罪与平等同，惟卧室稍胜，读书者有读书室。另有会晤室，犯人家族亲友，准其入晤，外来信札须拆阅，恐有勾引潜逃情事。典狱官亦时常巡视接见犯人，以防壅蔽，每日令犯人席地坐二小时闭目思过，并随时劝导。每晨五时起，身至习艺所工作，六时返狱舍。场外菜圃亦由犯人种殖，以供食料。仁人立法之善如此。山上君谓：尝至中国阅监狱，甚属腐败。近年已逐渐改良，并设警察，一俟增立裁判，采东西各法以定狱制，庶乎罪人皆知感泣，畏威者莫不怀德云。噫！欲研究监狱学者，其亦知狱制之关系乎法律非浅鲜，而管理监狱者，正未可以稍忽也。六时回。

成城学校

三月初一日　晴。晨九时，偕同寓徐君翥青至牛込原町三丁目成城学校参观，并访校中同里李君若初（长基）、侄孙毓淮。先在应接室小坐，由校友属若初、毓淮出见，略谈片刻，旋晤教长冈本则录。导观中国学生第一班教室，教几何学，教习绘三角形于黑版。又至第三教室，日本学生四年级讲堂教动物学，教习手中持一马骨之标本。又至五年级讲堂，西洋教习教英文。又至第一教室二年级讲堂，教习教地理学。至物理学教室，教习教中国学生声学。又至第二教室三年级讲堂，教习教国语读本。又至一年级讲堂，教习教学生写字之法。又至日本高等科教室，教习教三角法。又至体操场，适中国学生演兵式操，阅毕后，复至应接室，教长冈本君述及中国学生、学科及一切规则，与日本学堂微有不同。中国学生三年毕业，而无高等科，日本学生五年毕业尚有高等一年；日本学生科目：修身、汉文、国语、英、德语、东西洋历史、地理、数学、博物、物理、化学、图画、伦理、论理、体操，中国学生科目与日本大致相似，惟日本学生有德语、修身、论理、汉文、伦理，而中国学生无之。学资：中国学生一年三百元，日本学生一年只二十馀元，相差至十馀倍，因中国学生则有寄宿费、书籍费、零用费、衣服费、膳费等故也。校内中国学生计三百馀人，日本学生计七百馀人。入学资格：日本学生须高等小学毕业后试验合格，方许入校；中国学生只由公使介绍书即可入校，并述日本学生毕业后可入陆军士官学校，中国学生毕业后可考高等专门各学校云。午后一时，回寓。三时，偕同寅张、卫二君至神田区，假北京料理聚丰园特别座，公请外务省政务局员岩村成允及公使馆随员梁君健侯、张君渊博便酌，稍伸酬谢之意，借叙衷情。谈次，知岩村笔墨甚佳，工汉文，兼通画理，亦风雅中人也。七时回。

教长述中国学生学科及一切规则

公请外务省政务局员岩村成允等

初二日　星期，晴，大风。晨九时，瑞安黄世兄敦卿、述西两君来寓，偕至两国桥河边阅土佐海内捕获大鲸鱼，每人纳资小洋一角购入场券乃得进。观鲸长计九十馀尺，体重二万贯许。按鲸族有两种，以须之长短分之。长须者为最巨之鱼，鱼类皆卵产，此独胎生，生育后，小鲸吮乳必于激浪中，游泳水上方得哺食，渔夫往往伺其旁而

阅土佐海内捕鲸鱼

33,3,2

网之，易于擒获。惟大鲸在水面呼吸空气，力甚大，性颇灵动，爱情亦深。有时闻其吼声，放铳击之负伤后，非常悲鸣，各鲸闻声而集，协力保护负伤者以遁，其行甚速，顷刻间可行二十馀里。日人以捕鲸为绝大利益第一，脂肪可出七八百石，日人有谚云："捕鲸一头，可富七村。"殆有然欤！此鲸在土佐海捕时，大受惊骇，其先止有大渔船一艘，忽闻鲸吼，悬饵于海中，渐引至水浅处，以巨网撒之中，以大铳正拟再击。讵料鲸负伤而逃，倏忽间，网与渔船并曳，在数十里外潜伏不动。乃号召各渔船，仍引至水浅处，围住四面，以铳环攻之，逾时而毙，将大索曳其尾，由桥本庄次郎汽船摄海丸（船名）拖带。途过纪洲海、志摩海中，大风巨浪激断鲸尾，鱼身遂失所在，寻至相洲浦贺寄港获之，载以筏拖至东京。考鱼之进退，以尾为机关，是鱼尾为最要之件。今失其尾，参考家不无遗憾，亦只付诸阙如而已。捕鱼一业如此发达，其馀水族之利，概可想见。十二时至神田黄世兄寓午膳。午后三时，偕至东明馆劝工场游览并购零物。五时回。

以捕鲸为绝大利益

初三日　晴。晨七时，偕王君卓如雇人力车至青山驹场农科大学校。是校隶于本乡区帝国大学校，以农科须有旷地，方可实验，本乡区工、医两科场地，已属不敷，特于明治二十三年分设于此。

农科大学

先至应接室，由校友导观农具模型室，凡树叶、烟草、米、谷、麦、棉、豆麻、菜果之类，无不详备。内有水稻一株，长七尺许，尤为目所未经。又竹木各料，罗列

水稻一株长七尺许

甚多，凡各物出产处及某树中因何朽腐，用纸条标明。又蚕茧数种，一栝蚕茧，古黄色；一天蚕茧，湖色，此二种如中国河南、山东野蚕于树上作茧者相似。一白色茧，其种最多，比中国蚕茧略瘦，腰细如花生形，他于养蜂、采蜜亦甚精细。

日人农具均用机器

观农业工艺室及农具机器室，询知日本从前所用农具与中国农人同，现用之农具改良后均用机器，人工既省，出产并发达。且农人既有馀工，即可推究别项植物。此今日讲求农务者所最宜注意者也。

又观畜产室及喂鸡场，各国鸡种皆备，并甚肥，饲料及加工料亦配置得宜。牛房一排，时常洗扫，牧牛场因牛有传染病，不便往观。马棚数间，与牛棚相似，日人装运粮食，载以车则驾马以负之。

植物园中楠树颇多根防野兽

又植物园中，栽植楠树颇多，缘日地多野兽，其性喜钻穴，每伤树木，啮及楠树根则毙，故多栽之，其馀各种树木及苍松翠柏，皆垂荫沉沉，足供娱目。其间有匾柏及枫树，皆中国产。另设花园，牡丹、芍药、杜鹃、胡蝶各种名花，嫣然可爱，四围皆以短篱护之，又课桑园，种类颇多，各有标识，惟中国种仅有野桑三五株，馀皆日本各府县土产，枝甚细而树亦不发达，岂中国湖桑其性不宜于东土欤？我国丝货利权不至外溢，亦天为之也。其麦田亦绿云油然，颇饶秀色。

又观本子园，系各国菜蔬瓜果之类，初发萌芽，其名莫辨。其花卉果品实验室，均栽盆内，上有玻璃罩，下以

33,3,3

又有温室玻璃为屋

接木之法

汽水灌注其地，室间甚热。又有温室，玻璃为屋，设蒸汽管，遍悬寒暖针以高下其热度，凡热带地所产植物，均得配合其相宜之热，易于栽培，长养花木，四时不萎，并随时开花结果，以备研究。其接木之法，春季用切接，夏季用芽接。切接法：以甲种嫩枝切下，接于乙种切处；有如丁字形者、十字形者，有将乙种割开一孔或切开半面，以甲种插入者；有将甲乙两种各于干上切去半面，以两种相粘接；有以两种之根相互接者。芽接法：以甲种之芽插在乙种而已。又图书室、受渡室、化学参考室、机器化学讲义室、试验材料室、化学标本室、各种原料室、学生秤量室、学生实验室，桌上均备自来水火，先将各物霉气提净，再行化用。历观各校化学，均不若是校之精在细也。另有果树园于茌原郡，演习林业于千叶县，皆为农业之助，未及往观。

学生试验木中取精作醋方法

复至森林实验室、地质学教室、材产制造实验场及列品室。有一学生试验木中取精作醋，另加物料堪供食用。其法：先以木段置水锅上略蒸，携出用机器榨之，木精自然流出，盛以缸，取之甚便。另于大桑树抽出之丝，学生呈阅已染就五色，光亦灿烂，惟不如蚕丝耐久。又造葡萄酒池及皮酒池，销路亦极广。又陆稻试验圃，据校友述其法：稻方插秧时，划畦成陇，每陇栽稻一行。日本东京五月下旬种稻于麦畦，六月收麦后稻渐长，九、十月间成实，其谷与水稻无异。盖中、东虽岁月有差，而农家播种节令则同也。

考是校分为四科：曰农学科，曰农艺化学科，曰林学科，曰兽医学科。一、农学科科目：地质学、土壤学、气象学、植物生理学、植物病理学、动物生理学、昆虫学、肥料学、农艺物理学、经济学、农作物学、土地改良论、园艺学、畜产学、家畜饲养论、酪农论、养蚕论、农产制造学、兽医学大意、林学大意、养鱼论、农艺、化学实验、动植物学、实验农学、实验农场实习、农业经济、农政学、财政学、法学通论。二、农艺化学科科目：有机化学、分析化学、地质学、土壤学、气象学、动植物生理学、肥料学、农艺物理学、农作物学、土地改良论、生理化学、酸酵化学、家畜饲养论、酪农论、养蚕论、化学原论、农产制造学、食物及嗜好品农艺化学实验、农业经济、农政学。三、林学科科目：森林数学、地质及土壤学、气象学、森林物理学、最小二乘法及力学、森林动植物学、植物生理学、森林测量造林学、林学通论、树病学、森林化学、森林利用学、森林道路学、森林保护学、森林经理学、森林法律学、森林管理森林理水及砂防工林政学、养鱼论、农学大意、狩猎术、经济学、财政学、动植物实验、造林学实习、实地演习。四、兽医学科科目：解剖学、生理学、组织学、病理通论、外科手术学、蹄铁法、家畜饲养论、酪农论、药物学、外科学、内科学、病体解剖学、寄生动物学、蹄病论、乳肉检查法、畜产学、皮肤病论、马学、动物疫论、产科学、眼科学、卫生学、胎生学、兽医、警察法、法医学、霉菌学、外科手术实

农学科科目

农艺化学科科目

林学科科目

兽医学科科目

33,3,3

习、解剖学实习、蹄铁法实习、家畜病院实习及内外科诊断法。统核各科，均三年毕业。高等学校第二部卒业者，皆得入之。

附设实科

再，校中附设实科，学校分农学实科、林学实科、兽医实科之三种，其科目大略与大学相同而程度较低，惟农学实科与兽医学实科加课英文，林学实科加课德文，中学毕业者可递升之，亦三年毕业。此外，又设附属农业教员养成所，以养成农业补习学校之教员及小学校农业教师，中学校、师范学校及寻常农业学校卒业者皆得入之，以一年毕业，学科科目为：农业泛论、农艺化学、耕种畜产、农业经济、教育学、教授法、体操、实验农场实习，实地授业，惟师范学校卒业者缺教育学科目，减体操时间，加课耕种、畜产之二科。所设农场面积不下二三百亩，分为实习地、试验地、田产物模范园、园艺模范园、经济农场模范地、农艺化学试验田圃、林木苗圃、林木模范园、模范林植物园、家畜病院等处。实习地所以使学生练习农业诸操作及农场管理之事；试验地所以备教员、学生田产物之实验；经济农场模范地分为二区，住以二户之农家，受该学校之命令，从事于农业诸操作，以供农家经济应用之实验。

农学不发达之缘故

查世界实业进步，皆有蒸蒸日上之势，惟农业一门，东西专家于学理上虽极研究之功，而于实际上尚无发达之效果，此其故不在农学之不精，盖有种种原因存于其中，非一时之间所能改革者也。夫应用学理诚有新智识，大资本家运动其间，扩数百亩地，集数十万金，用新机以改良旧法，俾作农事试验之模范，固无不可，而欲求之于村野农民，势必有所不能。农家散居僻处，各自操作，年收所入仅资糊口，绝少馀裕。沿千百年之旧法，已成积习相安之势，一旦施以高尚学理，莫不互相惊异，视为无益。即有一二稍明事理者，倾信无疑，乐从改革而利用新器械，制造新肥料，往往为资本所限，难期实行，断不能如工业之集合资本，组织公司以成大业，此农业进步迟滞之一大原因也。

农业进步迟滞原因之一

贫苦农民实占多数，其需用资本极为细密，纤毫无遗，器具之设备，牛马之饲养，肥料之制成，及一切种种之事件，无不互相贯注，若其一部分中施以改良新法，则影响所及全体皆动。譬如以近来新制机械利用田间，则从前所需之耕作器具半归无用，农民固定性成，资本缺乏，必不乐此更张，此又农业进步迟滞之一大原因也。

进步迟滞原因之二

东西各国农业研究，不可谓不精深，而不能收实效于全体者，亦未始不由上之二大原因。此所以有高等、中学、初等农业之教育也。观其鼓舞奖励，日事改良，将来发达正未可量。

我国首称农业之国，而数千年来迄无大进，长此因循，恐后起者皆将驾而上之矣。今欲改良旧习以谋发达，若骤以大学程度高尚原理施于幼稚时代，势必扞格而不相入。

实科学校及养成所实为我国不可缓者

日本农科大学附设之实科学校及农业教员养成所，实为今日我国所最相当而不可缓者也。农学实科学校所以养成农场之管理支配员，农业教员养成所所以养成小学之农

33,3,3

业教员及初等农业学校之教员，馀如农业补习学校农事讲习所、农业夜学校，皆足以助农业之进化而收效最速。至于农事试验场、农谈会，尤为农业教员之机关而不可偏废者也。四民之中，务农最多，无论何国，莫不皆然。我国今日方谋教育普及之际，农家子弟将来虽不废旧业，而五年义务教育亦在应受之列。此五年中，若略加以相当之农业教育，则其小学毕业就农之时，亦可粗具农学知识，实行一二，实农业进化上之一大影响。且其父兄既知子弟就学，或有可以互相研求而借能发明新义者，非亦普及教育上补助之一法欤。

与农谈研究会会长晤谈

农业发达须立基础方可推广

参观毕，已午后三时，偕王君于校前里许青山柳川町料理店午膳。旋至该处农谈研究会，晤会长，略谓：农业之发达，须先立有基础，方可逐渐推广。并出示农业表，展读一过。约记数则：一曰开垦。开垦树林地，用斧锯从树根上锯截，以拔根机器拔取树根，再用新垦犁深耕荒土令平。开垦草原地，值天晴干燥时，发火烧草，耕起其根，亦用新垦犁深耕荒土令平。一曰经营。经营之法，凡开拓水田，已现发达之象；蓝畑亦农产所重，宜加意研究（畑，日本所造之字，中国之菜圃也），西洋犁为耕土之具，耙耢为整土之具，别有耘耨器具亦常用之，耕作之物农业家皆当经营。一曰施肥。无论地方厚薄，皆当施以磷酸、石灰及人造各种肥料。一曰轮作。种殖宜顺序而进，如亚麻后宜秋莳，大、小麦后宜芸薹，芸薹后再种他物（如下普通作物类）。一曰作物。普通作物如：米、粟、黍、大小麦、大小豆、燕麦、裸麦、养麦、玉蜀黍、马铃薯等类，特有之作物如：亚麻、大麻、蓝畑、芸薹、烟草、蔺草、杞柳荏、胡麻等类，果树如：梨、桃、梅、杏、柿、橘、坪果、樱桃等类，蔬菜如：玉葱、菜豆、甘蓝等类，各详栽培制造之方及输出额数。明治二十二年设农事试验场，置农学士一名，试验分三部：种艺部，病虫害部，农艺化学部。杀害虫之法：视植物之性质施以药料，其普通者用石油（即火油），以机器喷之或以硫磺粉散之，杀烟草之虫，用石灰及硫酸铜，以专门教师教之各试验场。凡需试验之农作物，应属托各地农事笃志家，随地随时供给各种物苗，辨其土质气候不同之数。明治二十五年，大开农产品评会，现今郡村各地均开农会，又有选择苗种场及育种场，购买各地桑苗果树各物以资选择。又设生产物试作场选择苗种，遍购外国农作物以备选择改良。明治三十四年又置巡察农事教师，与初开拓使及考农吏员各地讲说农事。又置巡察制丝教师及巡察蚕业教师。是年，特倡勤俭储蓄说，通晓村町部落，使其协订规约，以防奢靡。并以农学专研学理，不能普及于农民，因演说教导特开农会。又改布农会法：凡会置会长农学博士一名、技师农学士一名、会同研究并派员调查各地农事，每月发一农报，以资考察。表中详载农业发达之由如此，益信农事除稼穑而外，养蚕、造林实为农业之助。今中国内地各州县，山则弥望皆童，地则污莱不治，一遇水旱偏灾，转徙而填沟壑，非改良不足以发达农业也。五时，辞

设农事试验场

巡察教师

33,3,4

会友出路旁购面果啖之，回寓已六时半矣。

初四日　阴。晨八时，偕同里李君若初至浅草区御藏前片町观高等工艺学校，兼访校中学生黄世兄述西，正值上课未见。在应接室小坐，由事务员派人导观应用化学科分析室及定性分析、定量分析两室，学生正在试验盐化铁。又观图画科教室。据云凡制造物件及织花、印花，须先画一图样，图成方动工。又至总机室，分漂机室、染色室及印花工场，其印花法亦用厚纸或兽皮凿花印于布上，与中国同。又机关室、仕上工场、铸工场，凡粗铁器用件皆由此铸。电机工场有两学生正在试验。又经织工徒弟学校机械科及金属工场、木工场。又观机织科工场三处：一织日本洋布；一织丝绸，各色俱备；一仿织英国棉布。所织之件均合近时销路，其尽心于工艺可谓至矣。十二时，述西课毕出谈，邀回伊寓午膳。二时，仍同至校中引阅各教室，内悬全国工业地图，系明治三十七年八月调查。又观机械讲堂，约可容二百数十人，其地面向后渐高，设椅两座，其椅两旁均支以铁架，靠后一面亦连以铁，一桌面连于椅之右，自左入座，一桌面藏于坐处下层两旁，板片可揭起，向前以置桌面，此与理化讲堂相似，而坐位造法则各不相同也。是校科目，询知工艺分七科：曰染织科，内分色染分科、机织分科；曰窑业科；曰应用化学科；曰机械科；曰电气科，内分电气机械分科、电气化学分科；曰工业图案科；曰建筑科。此外又附设工业教员养成所、织工徒弟学校二处。再询其分科内课程如何？情形据述不

高等工艺学校

所织之布均合销路

工艺七科

分科课程情形不一

一，有此科有而彼科无者，亦有此数科无而彼数科有者。如工业经济、工业卫生、工业簿记、伦理、兵式体操、化学制图等课，各科皆有，惟制图一课，机械科、电气机械分科较各科尤为注重。馀如机械学一课，色染分科、机织分科、应用化学科、电气化学分科皆有之。又如数学、物理学及物理学实验等课，各科皆有，惟图案科无之。又如色染机织、织物原料、织物仕上、织物分解及意匠等课，惟色染分科及机织分科有之。又如纺绩、纺绩机构等课，虽属于机织科，而机织科之特别讲义内，亦有此纺绩一课。又如地质学、窑业学，惟窑业科有之。又如矿物学、冶金学、电气化学、应用化学各课，惟应用化学科及电气化学分科有之，但窑业科内亦有矿物学及应用化学两课。又如工作法、应用力学、发动机电气工学各课，虽机械科及电气机械分科皆有之，而建筑科内亦有应用力学一课。又如图案法有职故实、建筑装饰、工艺史、博物、制版、化学、自在画、图案应用等课，虽图案科有之，而色染分科、机织分科、窑业科内亦有图画及图案一门。又如建筑用材料、建筑沿革、家屋构造、卫生工学各课，惟建筑科有之。以上诸科各设工场一处，以备学生听讲后到场实习云。述西所谈如此。五时回。

“图案”下五字疑衍

初五日　晴。上午，侄孙毓淮来寓。午后，偕黄世兄敦卿至两国桥，由汽船渡至吾妻桥，再乘汽船至隅田川堤边上岸，过百花园，园中遍栽梅树，花时已过，绿叶成阴，清气扑人，眉宇移情。久之，即至向岛之公园。向岛

至吾妻桥

33,3,5

也者，吾妻桥上流自桥以北沿隅田川一带堤岸之总称。堤之两旁植樱数千株，长连数里，适届花时，远望如天末流霞空中掩映，行近其间，但见花丛夹道，游观士女往来如梭。堤畔并有卖茶六七处，兼备酒点，遂入座憩息片时。复行数武，见道旁立古石两片，约丈许，一镌“怜香惜玉”字，一镌“千岛冈”字，殆亦高人韵士以向岛作香岛，留此以为记念者欤？复两坐汽船至两国桥 ，回寓已六时矣。 向岛公园

初六日　晴。晨九时，偕唐君海平至神田区一之桥通町东京高等商业学校。至应接室略坐，由事务员导观图书室，陈列各部书籍，英、法、德、俄及我国文书俱备，而英文居其多数，以英国商务最盛，故出书甚多。又观各国商品陈列所，日本输出商品陈列所，凡与商务有关系者，不论巨细贵贱无不搜集，借资研究。又经学生各课室，因试验，放假后学生尚未到齐，未入观。惟本科二年生教室教习正值演讲，其课本专用西文。是校，中学卒业者方得入。课程分预科、本科、专修科三项。预科一年卒业，学课与中学校略同；本科三年卒业，其科目分商业道德、商业作文、商业算术、商业地理、商业历史、簿记、机械工学、商品学、经济学、财政学、统计学、私法、破产法、商事行政法、国际法、英语、各国语（自择一国语学之）、商业实践、体操；至专修科则渐造精深，科目曰：经济学、民法、商法并比较商法、国际法、国法学、东洋经济事情、近时外交史、商业历史、刑法、英文，又另习 东京高等商业学校

外国语，二年卒业。据校友述知：凡日本之商业学士，均系专修科卒业生，考授并可派充外国领事云。午后一时回。三时，黄世兄暾顾来寓略谈，同至神田印刷所添印名片，即回。

印名片

帝国大学

初七日 晴。八时，偕王君企华至本乡区帝国大学校参观。大学六科，分法科、医科、工科、文科、理科、农科，高等学校卒业生方许入此校。法科内分法律学、政治学两科，医学内分医学、药学两科，均四年卒业。工科内分土木、器械、造船学、造兵学、电气学、建筑学、应用化学学、火药学、采矿及冶金学九科。文科内分哲学、史学、国史学、博言学、国文学、汉文学、英文学、独文学、佛文学九科。理科内分数学、星学、理论物理学、实验物理学、化学、动物学、植物学、地质学八科。农学内分农学、农艺化学、林学、兽医学等科。另设青山前已阅记。以上各科均三年卒业，全校学生共四千馀人。是日，先观工科，由事务室派员导观电气工学列品室，内储有干电、湿电、电灯、电报、电车及电气化学各种用料，实验室藏发电机多种，有大凹凸镜各一。又建筑工校列品室，各国房屋、寺塔、山门及土木工雕刻人物，俱制成模型，其馀古今砖瓦、土木材料、建筑器具，均有标本以备研究。内有日本古瓦一方，长阔各约一尺六寸、厚四寸许，云系古时大庙之物，古瓦多圆形。又观采矿及冶金列品室，东西各国矿质搜罗殆遍，以日本铜、煤二矿为尤多，其搬运矿质之铁道车辆与开矿一切器具，及冶炼炉灶各项

日本古瓦

33,3,7

模型，无不穷极思想，巧夺天工。又机械工学列品室，各项机器装合分拆具有标本，物品虽小，皆可使用。又应用化学列品室，内有造磁、造玻璃、造煤气各窑模型，所列磁器、玻璃器，未可悉数，并出示玻璃质制成之棉絮形及玻璃质制成极细之丝，结为带形。又示造煤气之法。所制各种颜料，无论天然产原料、人造原料，皆有标本，染法尤为详备，染学中之绵绸缎绢尤精妙。至造船、造兵器、火药各科，向不轻以示人，未便往观。且校中参观，每易一室，必易一人导引，同校之人亦不能随意走入，非独外人然也。事关军国，尤不可不慎欤！午后二时，同王君至上野料理馆午膳，即回。

造船兵器火药各科向不轻以示人

初八日　微雨。晨九时，王君卓如来寓，同至麹町区日比谷町东京府立第一中学校，先至应接室，校长胜浦鞆雄出晤略谈，由事务员导观博物标本室、理化预备室、理化教室。一室学生坐位层累而上，愈后愈高，男教习讲地磁气。一室平列，男教习试验硫酸，讲台上有自来水火管以备演导。又观一年生乙组教室，男师教英语；丙组教室，男师教国语读本；戊组教室，男师巡行教本国地图。又至三年生甲组教室，男师教代数；乙组教室，男师教英文文法；丁组教室，男师教汉文教科书。四年生丁组教室，男师讲东洋历史；丙组教室，男师教代数。五年生甲组教室，男师教国语读本；乙组教室，男师巡行教英语；丙组教室，西女师教英文，一男师旁立而听。又经铳器室，架上罗列洋枪甚多。至运动场所，设天桥、秋千架、

东京府立第一中学校

桅架、木马等件，位置各得其宜。查东京官立中学校共四处，此校于明治十一年成立，开办最早，校中学生共八百馀人，内韩国学生四十馀人，另有韩国留学生教室。是校须由高等小学卒业，并高等小学之二年生方可投考，合格者进校。卒业后，凡博士、学士及各军将尉，由此校出身者不可枚举。办法之周密，非各中学校所能等观，洵不愧第一之称矣。校中课程分十科：曰修身、国语及汉文、外国语、历史、地理、数学、博物、物理学及化学、法制及经济、图画唱歌、体操。其体操一科，三年级以上全用兵式。学期五年毕业，学费每月洋二元。又至教员室，与教谕文学士邹田作乐略谈，由习字教谕井上翠导观音乐教室。据云：由入校至第三年每七曜日一周，各班教音乐一课，三年后则否。复与校长谈片刻，回，已午后二时矣。

办法周密不愧第一

初九日　星期，晴。晨九时，偕孙毓溎来寓，偕至日本桥区新设五二共进馆游览。此馆与日本东京各区劝工场相似，星罗棋布，百产菁华咸萃于斯。其陈列各种，较劝工场尤为精美，价亦较廉，来游者遂踵相接。并闻开市之初，购物在半元以上者，另送彩券一纸，谓之“福引”，不取分文，得彩者照章奉赠，间有珍品，商业之蒸蒸日上，于此可见一斑。十二时回寓。午后，同里王君卓如、王君苹华、王君企华、李君若初、侄孙毓溎，公请法政四班毕业生顾君公亮、钱君雨生，嘱往陪客，七时回。

购物半元以上者送彩券

初十日　晴。晨八时，至本乡森川町新泉馆王君企华寓，偕往帝国大学校参观医科。至应接室，由事务员导观

帝国大学参观医科

33,3,10

人体解剖室，四面皆学生，坐位层累而上，高至屋顶，遇有解剖之症，可环坐毕观。室中有未剖男尸一具，及已剖之肢体，逐部分别，其解剖处均灌以药水，取出之脏腑等亦以药水养之，室间皆用药水洗灌，以防病气及微生物之传布也。按解剖一节，关系甚大，以无用之尸躯，可以治有用之生命，否则，遇有奇病，医生莫知其由，用药无门，听其待毙而已。日本医科研求解剖学所以不遗馀力者，职此之由。或院中访贫苦病人，实系无药可治者，出重资以购其躯而解剖之；或有奇症，百医无效，誓愿舍身死后解剖，俾知受病之处，此后治病者可用药以救同病之人，考验后仍合缝其尸躯而埋之，既有功德于生人，复广医生之识见，固莫大之公益也。又观诊察室，凡来诊者，病重不能行动载以铁床，下有车轮，由病室载至医师处诊察，体恤之周可谓无微不至矣。又观第十二号、第十三号病室，专为留养病人之所，坐卧听其自便，并有伺役之人，日人谓之“看护妇”，均系看护学堂出身，兼谙脉理。病人欲购食物，察其可食者与之，不宜食者缓词以覆之，勿令其着些恼烦。身被白色布衣，并用布包扎其头以示洁净。又观标本室，各国人种骨，及药水浸灌头部、面部、颈部、胸部、腹部剖出之物，与胎儿脏腑，又胎儿一月至足月情形，不遗毫发。校友述知：日本变法时，即遣学生往泰西各国考求医学，进步最早，故近日全球医学之精妙，除德国外莫能与之颉颃。并出示医书、医案，演示剖割病者肌肉之刀，约略讲说。复引观内科病室、外科小

解剖一节关系甚大

看护妇

手术室、准备室（备剖割用物）、配膳室，内多药品及验病之器。另一小室有小橱二，橱下生火，以温度养人体内取出之微生物虫。又经消毒室、绷带室，均未入。

大学医科科目

附属医院九所

医学课程以解剖学列第一

按大学医科分医学、药学为二。医学科第一年课程共八类，第二年、第三年十六类，第四年二十四类。其试验分二期，第一期首解剖。此医学科课程之大略也。药学科第一年课程共六类，第二年共六类，第三年共六类。其试验法分三种，此药学科课程之大略也。其附属病院九所，就医者皆可住院，寻常症医生日往一诊，重者每小时一诊。病室两面皆窗，另有通风筒以输换新气，床褥等皆清洁。另有花园供病人游览，以吸取鲜气。小儿科有游戏室，凡为养病计者至周且密。中国医学不甚发达，医生中深明医理、拟方不谬者固不乏人，而药之性质或未尽研究，且药未制炼多含杂质，遂足致误。近年风气渐开，亦参用东西药品、外洋药品之原质，其价本贱，一经制炼，价便昂贵，习炼制法尤为要务。惟解剖一说骇人听闻。据日本人云：彼处初行时，亦以为可骇，久之始悟其理，谓舍此则医学别无把握，故芝区爱岩町东京慈惠医院课程十二科，亦以解剖学列第一。该院四年毕业，其第一学年之甲学期课程，亦先以解剖学。以医学科解剖学最为紧要，故大学课程有解剖学、解剖学实习、比较解剖学、病理解剖学、病理解剖学实习，各类皆有解剖室。盖医学有解剖法，并有割症时帮助医生法及扎缚头面手足各种手法，并教以病理之大意，如其病之原因何在？应如何反对医治

33,3,10

之？其病之结果何若？应如何预防销解之？诊察内科各症，以橡皮闻症筒按病人之胸膈肩背各处，耳听指弹，细验其呼吸之气，流行之血，以此临症较诊脉尤为确实，即西国所用听筒诊病之法也。中国若讲求解剖学，于病理医理精益求精，造乎医学之极，其功足以济世。天下事纵有不能骤致，久于其道而自化成者。医虽小道，实关系全国命脉，甚未可忽视之也。午后三时回。

东京高等女子学校附设技艺女学校

十一日　晴。晨九时，偕同里唐君海平至芝区三田四国町东京高等女子学校附设之技艺女学校，由干事员导观各教室。学科分普通科、选 科、别科三种，均二年卒业。其课目与神田女子职业学校大致相同，惟多音乐、插花、点茶，并少刺绣一项，而专以裁缝为注重。学生须由小学校毕业后方入此校。考日本小学校女学生，皆从裁缝入手，以针线为女子本务教之，兼习烹饪。盖人生不可一日无衣食，制衣作食皆女子应尽之职，故裁缝有专门学校，割烹亦设专校，其馀若看护妇及产婆等科，亦可兼习，并各设专门学校，此东京女学之所发达也。其高等女学校虽系私立，而直接文部省，校生程度即男子中学程度，故日本无女子中学校，亦简捷之法耳。中国古时亦重女教，后世日渐废弛，风气自为，不失之骄即失之惰，而实皆由于失教。士大夫家非不讲求刺绣，而于织纴烹调之事往往不屑为之。贫家女间习纺纱、织布、轧花等事，亦有能剪裁者，而于裁缝专门之技则非其所长。近年，手工机器自外洋输入中国者，纷至沓来，咸争购之，并有集股开设工

日本小学校女学生皆从裁缝入手

厂，研究工业，风气日开。热心教育之士皆谓：今日欲兴女学，亟须设女子学校，延聘教习，严定课程，则教育可以普及，不数年间，中国女学亦可发达矣。十二时回。午后，师范毕业生同里王君荩臣来寓，述及文凭已领，即日回国。

寻常高等小学校

十二日　晴。晨八时，偕同里王君卓如至日本桥区蛎壳町有马寻常高等小学校。至应接室，由教员导观高等第一年、第二年女生两教室，均女师专课国语。第三年男教室亦课国语、兼教作文，女教室教理科。又裁缝教室系二年级女学生，亦女师教之。又四年女生教室亦教理科。又高等第二年男生丁组教室，专课图画，教习先于黑版上图形以示，复于各生旁巡观指解，学生习画用铅笔者居多。其寻常二年男生、二年女生两教室，均男师课以国语。又至跳舞室，正值寻常三、四年生男女合操，先行分班，各两人一排，与常磐学校分操时教法同，及观其合演跳舞时，亦有女教习一人在旁踏风琴以振作之，步伐疾徐宛转，悉合琴音，操毕仍分两排，向教习鞠躬行礼而退。并望见运动场运动器械，若天桥、云梯、平台、木马、平架、浪木、悬环、绳梯、秋迁架皆备。校友述知：此系寻常小学校生，因其年尚幼，可合教也；若高等则年龄稍大，男女生分班教授，并不合演。校友出示学生成绩簿，

一学年生识字法

并谈及初等科第一学年生识字之法：先教实字，如器用等字则举一器以示之；其不虚不实之字如坐立进退等字，则作其状以证明之，如教以虚字中“诚”字，举一诚实之

33,3,12

事以发明其义，实字中之“景”字，则绘一景以形容之。先教楷书，次行书，又次汉字。教字时，先以两字连续成句，渐以三字至七字皆联成一句，示以造句之法，为作文入门之初级，自易进步。日本尤重习字，先将笔画先后一一教之，复示以碑帖使之临摹，初习日字，后习汉字，高等教科书汉字居多，则皆练习汉字。并述知是科高等科学生分十班，寻常科分八班。又以日本桥区为商贾云集之地，故校中高等科第三、四学年科目增商业一科，仿照常磐小学校办法，特规模稍异耳。复与校长谈久，十二时回。午后，偕钱君雨生至本乡区新泉馆，送师范毕业生王君荩臣起程回国，五时回。

十三日　雨。晨八时，山越工作所监督寺尾舍次郎同福田清一来寓，坐谈甚久。当由福田述知：寺尾前充富山县师范学校校长，并创立小学校多处，于学务甚为通晓。余询其幼稚园课程及办法，据寺尾云：幼稚生并无科学，专事游戏体操，盖以体育为最重要之事，故体操不论男女，不分寻常、高等，每学校每日必有体操。幼稚生在园由保姆管领，寒暖饮食随时调护，抚爱之如慈母。教幼孩之法，取其最浅近者，随举一物如：草木禽兽辨其类、区其名，一一以教之，俾增知识。稍长，至六七岁时，如日、月、星、辰、风、云、雨、路、山川、河海、城郭、原田，举天文地理之最浅近者教之。寓教育于游戏之中，即于剪纸、图画以及种种玩具，无在不可以为教。日本幼稚生午前三小时在园，午后即回家，有学校之教育，并有

与山越工作所监督谈学务

家庭之教育，在家与在园无异。苟无家庭教育，则每日三小时在学，而在家有九小时无教育，在家之时多于在园之时，何以为教育？日本男女皆受教育，故妇女气体皆强壮，盖其研究于体育者深。幼稚之子早受家庭教育，入学后经教习之多方诱掖、多方奖劝，以启其心思，养其脑力，进步甚速。按日本行强迫教育，凡年至七岁皆须入学，是为寻常科第一年学生，课程每日三小时半，其科目为修身、国语、数学、图画、唱歌、体操，以后渐增地理、历史等。至第三学年为高等科，再加理化及外国语。高等第四学年学生类皆十四五岁，课程每日五小时，是以校中学生高等、寻常虽有数百人，而年岁皆不相上下，至幼稚园生最多不过百数十人而已。其所述教法如是，益知蒙养之基之不可不立也。饭后雨止，三时，偕钱君雨生至神田区十五钱均一洋杂货铺游览，该铺陈列各货物，统作日币十五钱（计小洋一角五分）发售，并无二价，其招牌因以“十五钱均一”为名，亦推广销路之一法也。五时回。

（日本实行强迫教育年至七岁皆须入学）

（洋杂货铺以十五钱均一推广销路）

十四日　晴。晨九时，偕同寓王君孟琴至麹町区富士见町六丁目二番地，观麹町区市立富士见寻常高等小学校。应接室略坐，由校友导入事务室，观学生所临字帖、图画及手工各种成绩品。又博物标本室均极精雅。又观寻常一年男生教室，三年生合组教室男女学生合教，另有寻常三年生教室女师教算术，二年生教室女师教算术加法。复导入幼稚园保育室、幼稚室，幼稚生皆团坐，内设平面

（市立富士见寻常高等小学校）

33,3,14

方桌一，高不及二尺，小竹椅各一，其桌面深绿色画红丝方格，保姆演示剪纸、织物各技。据校友云：设幼稚园与办理别校情形不同，创办之时止能收十人，俟略有程度再收十人，逐渐推广，否则一孩不合扰及全园，即善于教导亦无从着手。此真阅历之言也。旋至高等二年生教室二：一室男师专课英文，一室女师教算术命分。三年生教室男师教画地图，并出示学生铅笔画成绩。又经四年生教室二：一为男师坐按风琴唱歌室，一为女师教裁缝室，均未入焉。仍至应接室小坐，晤同里唐君海平偕江苏知县某，亦在参观。谈悉是校图书室亦大可观，职掌图书者因事未到，不得一寓目为憾。十二时回，午膳后又偕王君至上野公园会场附近，阅陶器陈列各物及日本丝绸等货，定价甚昂，复至不忍池旁茶室小憩，五时回。

十五日　晴。晨八时，山越工作所干事员福田清一来寓，述及前阅学堂用器如欲购买，当代为介绍，价可从廉，答以缓商。福田系日本人，能操中语，向充翻译，即偕至麹町区警察署参观，晤署长田川诚作，叙谈良久，意甚殷勤，即导观留置场、讯问所两处。示及区内营业各户，皆须先行呈明警察署，由署调查许可方准开设。各铺如：料理店即饭店，汤屋即浴堂，旅人宿（上等客栈），下宿舍（次等客栈），往来人类甚杂，皆当随时稽查。又：民人拾得道旁遗物，须呈报警察，以便给还失主，倘逾年无人追向，仍将原物交呈报之人携回；如将所拾之物或私自收藏、或已经售去，一经查出，另行议罚。又户口

麹町区警察署参观

册须时常调查，凡由他处移住区内及迁往他处，均须注明册内，俾失物等事，亦易查究。署外又有消防分署及望火台，台设五层，高数仞，便于瞭望。是日警察学生之卒业者，咸往观焉。据福田述知：各警察署一切组织之法，大略相同，署长位置与地方长官直接，其地位与民人最近，复有监督署长、分署长相助为理云。噫！法律固严，办理亦周密，警察于地方治安实有密切之机关，诚当今之急务也！十二时回寓，同福田午膳。三时至神田区集贤馆卫君仁甫寓晤谈，五时回。

神田区书铺购碑帖

十六日 星期，阴。上午，王君卓如来谈。午后，偕同寓顾君公亮至神田区书铺，购碑帖数种。考东京人士于古今藏帖及书画等无不研究，该铺碑帖原拓居多，购求不易，其陈列各书琳琅满架，并有唐宋时旧板藏本，殊足宝贵。三时回。

参观东京府署

十七日 阴。晨九时，福田清一来寓，偕往麹町有乐町东京府署参观。至应接室，知事千家尊福出晤，略谈，即派属员带领，由知事官房递观博览会事务员室及技师室等处。述悉：府设三部，均有部长。第一部内庶务课、土木课、会计课属焉；第二部内社寺、兵务课、学务课属焉；第三部内农工商课、度量衡课属焉。每课各置课长，条理秩然。复至东京市役所，所内亦设第一等、第二等、第三等名曰，分室有宿直所、统计挂、卫生挂等处。又观府市会议堂，堂中设演说台，堂之东西系府市官吏，台下书记二人，各议员列坐其次，极为严肃。其间有层累而

33,3,17

新闻记者录事处

上、高出于议堂外者，则巍然一楼也，楼上设席二：一左一右，询知为作新闻记者录事处。楼下东、西两旁均设旁听席，以备来宾参观。另有度量衡检定所，凡度量衡之出自民间新造者，须呈报农务省，由检查所验明后酌定施行，盖以钤记，然后一律颁用，否则议罚。十二时回。

参观官立印刷局

十八日　晴。晨九时，偕同里唐君海平至神田桥官立印刷局。是局隶内阁总理大臣管理，分活板部、造币部共两部，专印法令全书、职员录、一切官板书籍，及官报、国债券、银行券及文契簿记、公家出版等书，与军用切符、邮片、印花，民间概不准私印。其印刷皆以机器为之，印法甚为便捷，每分钟可成千张。装订各书均有小机器，即裁折亦无劳人力。又两面印刷机器一架，铸活字处另有电气机器一架，此二种最为迅速，系新发明之物也。造币部尤极严密，造寻常纸币外，印刷国债券、军国纸币等，不轻予人观览。查印刷国币之机器四十架，每架日印六联票四百纸，洋数自一元至五元、十元、百元不等。印刷邮便机器两架，每架日印八千张邮政。印花机器两架，每架日印一百二十五个。该局工人男女并用，女工较多，其初皆用寻常小学卒业之女子，今则高等、专门、大学工科卒业者，亦供其职役也。考日本市用之币，银币半元居多，至五元、十元以上均用纸币，即可便民，而汇款至各国亦简便。我国银洋票莫不自日本印刷局制出，邮片、印花亦购自日本，亟宜设法立印刷局，与官书局相辅而行，诚挽回利权之一道也。十二时回。

王子村农事试验场

十九日 阴。晨八时，偕同乡王君孟琴至王子村农事试验场，晤场长中村彦氏。述知场内列有种艺部、农艺化学部、昆虫部、病理部、烟草部、园艺部、报告部、庶务部，各部皆有专责。又有技师四十人，技手三十七人管场务，书记十七人管理庶务。场有硝子室、试作物保存室、农艺化学实验室、植物病虫害实验室、烟草火力干燥室、烟草空气干燥室、麦稻试验圃、烟草桑茶各试验圃。场长属农商务大臣管辖，场中事务如：增殖农产，试验改良，调查利病，讲导方法，分析鉴定土壤、肥料、农产物、农产制造品及农业所关之物料，皆场长掌之。各地并有试验支场，并设场长，各场之长应受本场场长指挥。旋由技师导至植物虫害试验室，观所陈害虫千馀种，及植物病体图画标本、除虫药料，无不齐备。又至麦稻烟草桑麻各试验场，均甚整齐而又清洁，圃内不使留寸草以分地力。技师云：此场专试验植物受病及被虫伤情形。其法：以受伤植物移置瓦盆，察其病之由来，或仍令虫食，察系何种害虫以及所受之伤痕。并述及虫类亦有与植物相宜者，谓之益虫。盖害虫生时，无论花实叶根一被其啮，渐形枯萎；而益虫则能取害虫而食之，且能助植物之滋长，虫类正不可不辨。至除害虫药料有十馀品，视植物之种类以制之。用时将药水置喷机内，向植物受病处及害虫聚处喷之，经一次药水虫即扑灭，甚神速。复观肥料陈列室，名目亦繁，大致分二项：一名天然肥料，一名人造肥料。人造肥料系各种骨粪及树叶草壳之已腐者，天然肥料系各种矿质如硫

试验植物受病虫伤情形之法

天然肥料人造肥料

33,3,19

磺、石炭之类。并备各地土质，用化学分析试别土性，何者宜种何物，或同一子种而种法则异，或同一种法而所用肥料不同，凡此皆须逐细考求，可以助学理之实验。较青山柳川农谈研究会会友所示农业表，尤为详细。试作物保存室未及参观，询诸技师，则云：选择良苗布种以后，于分苗之时另辟地数弓栽种之，随时察其滋长，由秀而实，考验培养新法，备农学家研究云。午后二时回。

二十日　晴。上午，至麹町区霞关外务省晤岩村成允，谈拟赴大坂一行，借以考察学校、工厂，恳其作介绍书。据述工厂与学校不同，无庸省中知会，只须日本有熟人同往，叙明来由，俟该厂承诺，即进内参观可也。当取学校介绍书，旋至永田町公使馆，禀明将往大坂游历，钦使未见，晤随员梁君健侯，略谈并恳代陈。十二时回。

二十一日　阴。上午，至神田区西小川町二丁目一番地福田清一寓晤谈，约偕往大坂游览，延作翻译，即回。午后，检点旅具。五时，福田来寓，并偕法政四班毕业生钱君雨生至新桥火车站待合所，购急行车二等票，六时即乘车开行。 延福田清一作翻译

二十二日　阴。晨八时，抵大坂。偕福田、雨生下车，雇人力车至西区川口屋旅馆下榻。午后，至大坂府师范学校之附属小学校，至应接室，由事务员导观各教室，与东京府师范学堂大略相同。旋晤校长，述知是校创于明治十年，十九年设寻常、高等小学两校，寻常小学内附属单级小学，入寻常小学校年龄自七岁至十二岁以上，高等 抵大坂

自十二岁至十七岁以上。日本有所谓强迫教育者，此项学生必使入寻常小学，高等则学与不学听之。寻常小学教科有五，曰修身、国语、图画、唱歌、体操。附属之单级科有四，曰修身、国语、唱歌、体操。高等教科有八，曰修身、国语、图画、地理、理科、日本历史、唱歌、体操。入学之次第，由单级科入寻常小学，由寻常入高等小学。寻常、高等两教室，分科教之。其单级学生不另设教室，以一教员教之，课时以学生之年限分其坐次而已。单级学生二年卒业，即进于寻常科。另有特别单级小学四年毕业，此等学校于乡间最为相宜，课程亦微有不同。考日本

官立学校

学校自帝国大学以及高等学校与农商诸实业、音乐、算术各专门之校，为官立学校；府县郡市町村所立之校如师范学校、中学校、高等女学校、高等小学校、寻常小学校为

公立学校 私立学校

公立学校；馀如地方好义者独力担任、或由发起人集资兴办，则为私立学校。此三者虽分而仍合，缘国家与地方本赖有私立学校以补助之也。我国二十二行省、各府州县学堂林列，寻常、高等、中小各学无不具备，而穷乡僻壤见闻即隘，风气又未尽开通，非多设小学不足以广收教育之效。盖课程低则教易施，规模小则事易举，广设小学而复取法于日本寻常、高等小学校附属之单级小学，俾无人不可就学，无地不可立学，每一小学校教单组学生，只须延一中等卒业生，学费亦不难筹备，此固与学界有密切之机关也。六时半回。

二十三日　星期，阴。上午，雨生、福田偕至东区市

33,3,23

街游览。考大坂居日本中枢之地，三面皆山，西临港湾，市分东西南北四区，又分各町各丁目各番地，市外以郡名之，与东京略同，惟南北地小于东京日程约一里许。全市区域：东西日程二里许计二十四町，南北亦二里计十九町，附市村落近亦逐渐扩充，故市面日形繁盛焉。即至朝日神社，社内奉祀天照大神，日人甚为崇敬。向天神桥路北本町横堀河畔，正当绿杨发芽，临风袅娜似垂青眼。又数武，见有大坂博物场，询知于明治八年始开，其后增设馆址为博物馆。入门又有美术馆，专工绘画美术品等，与馆中陈列本国品物各种例准出售，凡各品之自外国输入者，馆为留之研究，不准购买。别有动物院，往观之，虽比诸东京上野动物院地面稍隘，然结构亦煞费苦心矣。市间一切品物略觉便宜，风俗政治亦与东京无异，惟我国人之营业居住者甚鲜，仅五百七十馀人耳。一时回。

大阪居日本中枢

神社奉祀天照大神

二十四日　阴。晨八时，偕福田清一乘汽车往堂岛观大坂市立高等商业学校，教长出晤，谈片刻，导观各教室。教师三十四员，分三学级。教科有三：一本科，二简要商业教育，为甲种科，三预科，与东京同。东京无甲种科，有专修科。按本科须中学卒业方能入校，甲种科、预科须高等小学卒业。同乡汪君企章尊美，现在此校学习。是校于明治十八年由文部省立，东京、神户均有高等商业学校，其馀府县郡市立者亦遍不少。本科学科之目，曰商业道德、商业作文、商业算术、簿记商品、商工地理、商工历史、经济、财政、统计、法律、英语、体操等科。甲

大坂市立高等商业学校

种科学科之目，曰修身、读书、作文、习字、数学、地理、历史、簿记、商事要项、商品经济法规、实践英语、体操等科。预科学科之目，曰修身、读书、作文、习字、地理、历史、理科、图画、英语、数学、体操等科。其科目之详备如此。故凡市场贸易者，无一人不识算科，无一人不出自学校，此寻常商业也。若高等，则业愈精、学愈进，能知经国大计，故毕业后或派充各国领事，犹东京专修科毕业生可充外国领事也，或派至通商各埠主持财政，遂得与竞争世界以商战相角胜。查商业，实兴自泰西。商部以下设商科大学，分高等商校、寻常商校，商业之盛，居然独树一帜于环球之上，日本仿行之，经营商政而国以富强。今我国颁行新政，增设商部，定法律专书，广开商校，维持商政，则商业之发达可操券而致焉。考东京高等商业学校所分三科，均由中学卒业后方得入。是校惟本科须中学卒业，甲种科、预科高等小学卒业亦可入。盖以大坂学校无多，不得不稍宽其格云。阅毕回寓，已二时矣。

科目详备

造币局

二十五日 晴。九时，偕福田、雨生至北区川畸造币局。局隶大藏省，逢礼拜二有介绍者先行陈请方得进观。当晤其局长，由局长给以准阅凭证，每至一处验视凭证，而后进阅。每门皆有关键，随开随锁，关防甚为严密，在局工人须易官局衣服（衣上有标记）至工所，罢工时仍易去局衣而出。闲杂人概不能混入也。造币分四种：若金，若银，若白铜，若青铜。金币又分三种：一值日银二十圆，一值十圆，一值五圆；银币分四种：值银元一枚，

各种币值

33,3,25

一值铜元五十枚，一值二十枚，一值十枚；白铜币值五分银元，止有一种；青铜币分三种：二钱、一钱及五厘(五厘即当五钱)。日本大银元近处现已不用，所制皆销用于远方。金币多亏损，因金价太高故也。惟白铜币较青铜多三倍利，每枚抵银币五分，而造本不及一分，明于计学者悉知其底蕴。是局造币机器极灵巧，一分时可成数十枚，日本全国所用钱币，均由该局制造，近复别印纸币以代一元之银币。是区造币局系明治四年立，于今垂四十年矣。局长述知如此。查我国通行银币及青铜币，当此钱荒物贵之时，既行铜圆以济其穷，又以金贵一时未能添造金币，不若多制五分之白铜币以资挹注，于民生日用大有便益，主持财政者固当熟筹计学以立造币法也。十二时回。

二十六日　晴。晨八时，偕福田清一至西区四贯岛町金巾制织株式会社，遍观各处。该会社职工共二千五百人，纺绩机三万一千七百五十二张，皆购自英国，织布机八百有六张，间亦有日本仿造者。棉料购自美国及印度者居多。所织之布，每机十二小时可成一码阔之布四十码，输至中国及香港、朝鲜各地，棉花销路亦同。查中国棉花每年输出为数甚多，而去年日本输入之各种花布，约有二百馀万元，各国输入者约六千馀万元。利权外溢，即此一项可知，亟宜仿行新法、讲求工业，以为抵制之具。当询技师机织情形，据述：织布机大略相似，其制胜在经纬纱，监工者必其平时熟悉机器之用，督令职工须神明于规矩之中，非徒恃机器灵巧，而谓人工遂可尽废也。十二时 金巾制织株式会社

制麻株式会社社长谈制麻法

回。午膳后，至市外西成郡日本制麻株式会社，晤其社长谈悉制麻之法：先以药水略浸之，即以机器碾压之使之柔软，然后另用机器，其形如梳，以之梳通乱麻，乃入绩机纺之，俾之条分缕晰纺成麻线，制成麻布，军装衣料通用之。其制炼极精者和以丝，即可织缎。大坂之制麻会社与北海道两会社、日光一会社同时设立，北海、日光皆产麻处，日本产麻亦多，不如中国出产之美。该社购用之麻，自中国鄂省一带输出者为大宗。夫人生日用，衣食为先，故耕织并重，麻丝皆织工治之，中国仅知蚕桑之利而不知制麻，弃货于地，积习难返，讲求实业者宜加察焉。五时回。

磷寸工场

二十七日　晴。晨八时，至日本桥公益社磷寸工场。查火柴分红、黑两色。红者原料内有磷质，随处擦之可烧，其梗以桧木为之；黑者磷在匣上，必擦诸匣上始燃，其梗多以白杨为之。资本甚小，而行销甚广。旋至材木町上田针商店，店主人述知：制针分三等工，一选料，一制成样，一穿孔。日本针不及西洋，中国所用之针，多自西洋输入。西洋之针尾孔圆而大，日本则长而小，或不适于用，光泽亦不如西洋。再至十二轩町洋伞骨制造所，观其制造长骨，用原料入切机切断，即烧其两端，另入一机压之成匾式，其端打成圆粒，复用穿机穿孔即成；短骨则入压机压成槽形，钻成针孔，用铁丝接长短骨，复入机器，以铁皮包之，涂以柏油，以火烤之。其原料购自英国，入井上洋伞商店专以现成之骨装面发售，伞面原料亦购自英

田针商店

洋伞骨制造所

33,3,27

国，销售中国最多，计每年日本进口洋伞销路七十馀万元，此款漏卮已不小矣。回已十二时。午膳后一时，至市外西成郡丰崎村，观日本制造法兰绒会社，晤井上静雄君。据云：曩时尝游中国，考察西北各省羊毛。询其羊毛可制绒否？答云：中国羊毛仅可用以制大呢，至于制绒则嫌其不软熟，日本制绒多用澳大利亚洲所产之羊毛。复告知织绒分厚、薄两种，本会社所织皆薄绒，用羊毛七成，参用棉花三成，与东京同一制法。其他若毡毯等类，亦用羊毛与骆驼毛。查骆驼毛与羊毛皆我国西北省本产，尽行输出外洋，皆为制造呢毯等用。取我国之原料，一经组织，仍销售中国，而利权已授诸外人矣。如何收回利权？热心教育者，当于实业科讲求之。四时回。

制造法兰绒会社

取我原料仍销我国利权外授如何收回

二十八日　晴。八时至东区大坂平野町高木轻银器工场。观其制法：先以铅熔化成板，用压机压成薄片，复压成各式器皿，洗以硫酸，其色如银，价甚廉，销行颇广。由工场出，至钟表制造所，询知制造机器皆购自英、美两国。钟表机件及壳面等，皆用极精之小机器，工人皆用显微眼镜，非久练习熟不能动工。盖机件之大小轻重，稍有参差，则时计之迟速即不能一律云。十一时回。午膳后，乘车至玉江町观大坂高等工业学校。考日本文部省所辖高等工业学校全国有三，东、西京各一，而规模之宏敞，制造之精美，程度之高深，均推大坂。校内设工场十有一，校长一人，教授十五人，书记六人。教分八科，曰机械科、船体科、机关科、化学科、染色科、窑业科、酿造

大阪高等工业学校

科、冶金科，每科分十馀条，另设专门教师。课程分三学级，一年一级，三年卒业。生徒入学年限以十七岁至二十五岁以上为合格，须由中学卒业，课程合度方得入校。三年卒业后留校二年，第一年练习现业，第二年研究学术，是为练习生。研究生每年复加试验，择其程度最高者，派令出游工业地方，讲求学业之实际，此校中大略也。校长出晤，述悉如前。复派人导观讲堂并教科各室，及图书、标本、制图、材料、试验、化学等室，证以东京博览会中所陈是校出品，其物品之精美，叩其原皆由化学中得来。知教科八大纲，每科各分十馀目，其操胜均以化学为要点，故日本专设工业化学一门，至染色科之制自化学，其颜色鲜美，洗濯不退，外国固视为独得之秘。今我国纺纱织布既设工场，其印花、染色工场亦工业家所不可阙者也。五时回。

二十九日　晴。晨八时，偕福田清一至北区善源寺町大坂莫大小毛巾株式会社工场，场师导观工场及铁质人力机器一台。先是，此机本购自德国，近年日本已能自造，专织衫料制暑天所用之网衫，中国及朝鲜行销者，皆由日本输入。网之疏密，随机之宽窄为之。现在中国自制汗衫裤工业亦甚发达，如上海景纶厂所出之货，亦可借以抵制也。复往堺市停车场，前至大坂地毯制造组合事务所，由事务员派人导观乡间麻叚通工场。叚通即地毯。场设木架一，上下密扣坚实麻线，以五色麻丝按标本底画上花色，自下而上层层扎扣，随扣随剪标本所画之方格，其纵线即

大坂地毯制造组合事务所

33,3,29

上下两木所扣之麻线，横线每一条即所扣之一层，应扣几层，每层内应扣某色几行，可指数而约之。中国织毯原质所产倍于日本，查日本制造地毯工场不下数百处，乡间妇孺皆能为之，惜乎日人器小，商工尤甚，以专利为主义，索一标本而不允，未得携归仿办为憾耳。后至北区堂岛滨大坂府立商品陈列公所，事务员指示所内陈列内国农产、水产、林产、矿产出品，及外国参考之物，类分为考查、图书、工务、查探四部，以供工商家研究者。其陈列各室中，有中国输入之贵州漆器、江西磁器为上品，其由西国输入者，以英、美两国为最多，并于某国销行某品一一标明，俾之懋迁，各得其所。今日为商战之世，欲兴商务，先在讲求商品；讲求商品，尤必先研究工艺，未有工艺不精而可振兴商务者也。回时已午后二时矣。

日人器小索一标本而不允

四月初一日　星期，晴。是日，适考察事竣，拟即回国。午十时，特约商业学校预科同乡汪君企章尊美，偕至北区中岛静观楼，略具酒肴致谢翻译福田清一，饮微醺。清一谈及日本商人，如有资本二千金 ，即可作一万金之营业，且日本政府往往津贴商家，无论何地。工场创兴一业而制造不克成功，倘诿之于人，利即外溢，惟得政府辅助则可。由我制造，其利仍为我有，盖资本不竭，必有成功一日，所谓有志竟成是也。自静观楼出，随意散步，清和首夏，天气甚佳，轻暖轻寒，颇饶逸兴。五时回寓，同雨生乘火车，六时抵神户，至山东海发盛旅馆小住，即往街上游览，经中国租界，街道较狭，铺列不少，经售豆

福田清一谈日本政府助商事

抵神户

饼、棉花为大宗，并有在租界外居住营业者，共计我国人二千三百馀人。此外各国租界，则称之曰“居留地”，合计西人约一千数百馀人，其铺屋住址英国为最，以其面临海港，别饶风景也。八时回。

登邮船株式会社山城丸

初二日　晴。晨八时，由海发盛旅馆登邮船株式会社山城丸，即较来时所乘之博爱丸略小，仅容二千五百八十吨。惟头、二等房舱早经人满，因购三等房舱票。当由雨生点明行李、觅下榻处。舱内人甚拥挤，客位俱系接连，惟中国人与日本人分列左右，饮食亦各不相同，中间有货舱之上层借作界限。据茶房宁波人云：日人喜饮酒歌舞，恐其醉后或与中国人有冲突，致扰同船行客，是以派住两面，俾免纷争，防范之周密如此。箱笼各物即安放铺边隙地，零星小件尚无遗失情事，较中国长江轮船及内河各处轮船时闻串窃、客人夜不能安枕，讵可同日语哉！九时，同乡王君卓如、王君企华、唐君海平、徐君少逵等十馀人，到船送行。十时，闻鸣锣声，即展轮西驶。

初三日　阴。晨六时，抵门司小泊，装煤五大船。午后六时开行。

抵长崎

初四日　阴，侵晨微雨。六时抵长崎，船上起货，皆系电杆及铁路用件。十时，偕雨生每人以小洋两角雇小划船登岸，至街上游览，各铺货物较大坂、神户稍廉，女工染绒、洒绣、造花三项最为擅长，而洒绣尤形出色，较胜于东京各地。所绣围屏、大堂画幅、椅垫等物，专售欧西各国，获利甚厚，此亦出产之一大宗也。中国租界街道甚

33,4,5

隘，居人不少，共计我国人约一千六十馀人。旋至福州旅馆四海楼午膳，回船已三时半，六时开行。

初五日　雨。早过黄海，异常平稳，较来时大相悬殊。午后晴，散步至船顶，但见水天一色，风景无边，隐约间有帆樯一艘，迨行相近，悉是我国渔船，不觉胸襟为之一快。

过黄海

初六日　早晴。六时，进上海虹口候潮小泊。八时，抵三菱公司码头，即同雨生检取行李上岸，雇东洋车至后马路谦泰栈十三号房间下榻。途次因略受风寒，兼以日本地气潮湿，水土不甚相宜，在东京寓常有泄泻，到申后尤甚，当即请医调理。

抵上海

考日本国各科学，皆师自泰西，而西国之学，无一非萌芽于中国。盖中国自三代而降，教泽寖衰，典文散佚。秦火一炬，古籍益复荡然，而灰烬之丛残，往往流传泰西，灌输各国，西国人得其绪馀，不惮劳神苦思，一一研究，学业乃日益精深发达。如今之所谓各科学，日本师之，又从而经营之、组织之，遂成一完全之规则。我国蹑跻担簦而东渡者，借辎轩之博采，考典坟之源流，犹礼失而求诸野。云天下惟固有之物，失之自我，还之仍自我，既失复得，无新非旧，无旧非新也。然则今日所行之新政，岂得曰变于夷乎？是役也，东游百有馀日，见日本近事自政治、学术，及物产巨细，农工商实业，其教育之奥蕴愧无所得，第就目所亲睹、耳所亲闻，或凭诸考验，或

日本各学师自泰西西国之学萌芽中国

得诸传述与问答，或由翻译，参观互证，逐加研究，作为斯记，略陈崖略，伏祈钧诲。

光绪三十三年四月，杨泰阶谨识。

杨泰阶东游日记

人名索引

六画

七画

八画

十三画

十八画

文恺东游日记□

光绪三十二年十二月二十三日	自沪起程
十二月二十五日	抵日本长崎
十二月二十八日	抵日本东京
光绪三十三年三月二十六日	返抵上海

□ 据清末万宝斋本整理

□ 朱发建校点

自序

海禁大开以后，东西各国往来日繁。非彼此参互考证，即无以审机宜而协情事。拘虚者流，尺见咫闻，惟知深闭固拒，曾不略思变通。激切之士，第震其国富兵强，竞言新政，中国国粹或不知保存。二者殆均有蔽焉。往时读各星轺日记，辄思身履其地。迩来交通便利，私家记载，章奏缕陈，愈臻宏富。游学之情，勃然以动。羁于职司，此志久不能遂。去年九月，将有庆阳之行。念后此游历之期益不可定，是以决然请咨航海东渡，考查学务、政治两界，凡三阅月而蒇事。非敢谓宏纲细目均能洞悉，即有一二确见之处行之我国，未必推而皆准。人情风俗，各国不同，岂可强之一致？然用以弃短取长，未始非得失之林也。尝谓中国立国最早，实为礼乐文物之邦。虽船坚炮利暂逊列强，岂其天经地义亦有与时俱变之理？今至其国，逐件推求，探索要素，则军人资格以敢死为先，学校

东西各国往来日繁

决然东渡考察学务政治各界

课程以修身为重，与吾国古籍所言斥战阵无勇为非孝、取士求贤先器识而后文艺者殆若合符节。曾不以国界殊异，机械日新，而此义少有异焉。故余之此行，深见拘虚之不可立于今日之世也，而又深恫夫艳羡他人、任国粹之荡然而不知保存也。思以耳之所聆，证诸目睹，何者当改弦而易辙，何者就固有而扩充，或可不迷于所向乎？爰即见闻所及，逐日条记，并汇而辑之，而志其缘起于此。

光绪三十三年三月二十六日长白文恺叙

32,12,23

丙午十二月二十三日　自沪首途。晚六点钟，登山城丸，仆人张福从同船。有傅少莲者，现为神户领事馆随员，谈日本风俗甚悉。十一点钟。启轮行。 光绪三十二年自沪起程

二十四日　晨，船稍震荡。午后，海风加猛，颠簸愈甚，头晕眩，不能起坐。午后四点钟，强进粥少许。晚，船稍平。

二十五日　晨六点钟，抵长崎，停轮。医来验病。二、三等客均排立舱面受诊，至一等客仅一周视而已。验病毕，与傅少莲出眺。见四山如抱，海上小舟如蚁。午后四点钟，展轮出口。 抵长崎

二十六日　晨七点钟，抵门司。验病如昨。午后五点钟，启行。

二十七日　午前十点钟，抵神户。医复来验病。十二点钟，率仆人张福登岸，至税关验行李。毕，寓海发盛栈。栈主乃山东人，招待甚殷。饭后，与栈主出游街市，约一时许。晚七点钟，乘急行车行。 抵神户

二十八日　午前十点钟，抵东京新桥驿，同乡贺木阶来此招待，引寓牛込区若松町董馆。 抵东京

二十九日　午前九点钟，往公使馆投咨，谒见杨星垣 公使馆

公使及其随员吴仲成、黄涤清诸君。吴为数年前旧识。此次至东，多承指示。午后三点钟归寓。

三十日　晨发家函。是日为我国除日。午后，吴仲成遣人送酒菜至，旋亲来寓，坐谈良久，始去。

光绪三十三年赴公馆贺新

丁未正月初一日　晨，赴公使馆贺新。归寓后，贺木阶适至。偕仿同乡司缉亭，不遇，归。缉亭即此次延为通译者也。

初二日　晨，司缉亭来寓，坐少许，潘经士亦来。潘新选贵州思州府知府，亦领咨来东游历者。二君去后，遂赴杨星垣公使饮。在座者，使馆参赞、随员诸君外，有横滨商董。因询我国在日商务现状，备闻一是。归途便拜贺木阶。午后四点钟，归寓，疲劳已极，咳嗽大作。日未暮，而已就寝矣。

咳嗽加甚遍体如焚

初三日　咳嗽加甚，遍体如焚，心神瞀乱。午前十点钟，司缉亭至，出旧服药方，托其购药。服之罔效。午后遍体出疹。三点钟，许贺木阶至荐其同学张君亚农来寓诊视，谓其劳顿过甚，兼感风寒所致。六点钟服药，骨节剧痛，夜不成寐。盖自出都以来，朝夕风霜，已逾二旬。今夕始觉其苦矣。

初四日　疹退，心神略清。午后，张亚农来寓诊视。晚，吴仲成来，略谈数语而去。

初五日　热悉退，精神渐旺，惟不能起坐。午后，贺木阶复偕张亚农至。晚进粥少许。

初六日　晨，病渐愈，勉起就坐。午后，司缉亭偕赵

33,1,7

徽五至。赵亦同乡，为数年前旧好，工歧黄，为斟酌药方者久之。

初七日　午后，张亚农至，嘱以在寓静养。晚与同寓蒯季民坐谈片时。

托购日本政俗等书

初八日　全愈。吴小浦、司缉亭均来小坐。因新愈忌风，不能外出，托其购日本政俗等书，在寓观览，以为将来考查之备。

初九日　晨，发家函，观书四时许。午后，赵徽五、司缉亭至，谈日本政俗，恺切动听。晚，预备参观事件条目。

初十日　晨，往公使馆见杨星垣公使。因病延多日，急与商参观事。继至吴仲成处，坐谈二时许。

十一日　迁寓神田区今川小路町龙涛馆之二层楼，馆主广东人，馆仆亦有我国人焉。较前次日本馆语言扞格难易殊矣。

十二日　午前往拜潘经士。午后赵徽五、司缉亭、贺木阶招饮于麹町区富士见轩西餐馆。馆室清洁，陈设华丽。案上古瓶供养红梅、水仙，芬馥袭人。归途便游九段劝业场东明馆、南明馆等陈列所数处。

至外务省

十三日　午前至日本外务省，见其翻译官岩村成允，托以参观事宜，兼言此次至东系为调查政治、学务等事。岩村君谓可先观学校，须待三四日绍介竣事，始可从事参观。言毕，归寓。午后至日本桥区，兼游京桥区街市及商店劝业场。就中最著者如三越吴服店、天赏堂、帝国博品

日本桥区东京工商荟萃之所

馆等，皆陈设丰富，为他处所难及。盖此二区实东京工商荟萃之所。历观诸种物品，其坚实不及我国，而精美则远过之。西人称日本为东方美术国，其信然乎。

上野公园

十四日　与徽五游上野公园。园为东京名所。面临大路，升石阶，土地平垣。草花覆路，修柯蔽日。旁有西乡隆盛铜像，像后有彰义队墓。凭栏远眺，东京胜景宛然在目。因小憩焉。园中寺庙甚多，有大小石佛，不暇致诘。往观动物园。内饲五洲鸟兽，无不备者。有牝象，云为暹罗所产。有四不像，头似鹿，体似骆驼，足似牝牛，尾似驴，故名。此外狮、虎、赤熊、野猪、猩猩、孔雀、驼鸟、火喰鸟诸奇类，分类畜之，俱标其名，并其生产地。海产别为一室，曰观鱼室 。观毕，过东照宫。后结二铁栅，围二树，一泰山木，一桧树，云为明治十二年美国前大统领游此所植，以为纪念者。出公园，沿池行。池曰“不忍池”，中有一寺，通以石径。至此略憩。归寓，日已暝矣。

复游上野公园

十五日　复偕赵徽五、司缉亭往游上野公园，因园中博物馆、图书馆、美术协会等类，为先日所未竟游者，是日专为参观此数种而至。先游博物馆。入表门，院落甚大，中有喷水池。升庭阶，见其结构宏阔，气象庄严，使人肃然起敬。内约数十室，排列左右。楼上下二层，所陈列物品分历史、美术、美术工艺、天产四部，古今庶物，罔一不具。如历史部，陈列古代之衣服、车舆、钱币、乐器、军械、学校用品，用形其窳拙动人求新之思。馀三

博物馆内古今庶物罔一不具

33,1,15

部，意亦类是。凡启诱民智，盖莫如此善者。其所陈人类风俗，或以蜡制，或以模型，或以图画。所陈动物，皆以药水浸其死体，历久如生。所陈矿物，于金石品外，又用泥造现在国内矿厂人工开取，火车运装，及以照像照出火山喷裂、人物受害之状。馆中最珍异之物，为木乃伊尸体。此品为二千五百年前于埃及所发见者。其最下者，则斧锯椎凿之类，亦有之。陈列之富，可想矣。历观三时许，始毕。出馆门，略憩片时。观图书馆，内藏我国暨西洋日本图书。据云，明治三十七年所调查我国暨日本书凡十八万零一百九十六册，洋书凡四万六千三百八十五册，其未供公众之阅览者尚有二十馀万册。阅览室分男女，楼上下可容数百人。观毕，至幨画馆。馆中图画时时更换，现为奉天大会战图。其室光由顶射入四壁，绘日俄军交战状，天地异色，城垒半圮，殆与真者无异。凝神久之，恍如身在战场，不觉又动人从军之感。因忆先祖果肃公身经百战，遍体创伤，血衣瘢痕，勿令洗濯，云以留示后人，借作忠义。子孙谨遵遗训，不敢或忘。盖睹血衣如见果肃公。思果肃公之尽力国家，知后人之益当光前烈，而无堕将家风也。此为相传之家法。不料数千里外，乃因此光学之作用，穆然动我遐思。呜呼！异哉。

图书馆馆藏图书

幨画馆内光映日俄交战之状

十六日　偕赵徽五游浅草公园。园并动物园、水族馆、盆栽园等为一游所。动物园所畜鸟兽，种类较上野更备，水族馆大而海马、海驴、海蛇、鲸、鳄、蛟、鼍，小而鱼、虾、龟、鳖、蛙蚌，均有之，凡分十馀水槽，有罩

浅草公园

以玻璃者，有笼以铁丝者。园前有喷水池，池水清洁可掬。池左数百步，有观音寺，建筑宏丽，男女参诣者甚多。香花之盛，称为东京第一。末复登凌云阁。阁十二层，每层悬列山水美人图景。至绝顶，则东京街市与海湾各景罗列在目。因与徽五高咏登高壮观天地间之句。园左右街巷有戏馆十馀处，暨电气馆、活动写真馆，珍世界珍奇玩好，靡一不具，诚东京之胜境也。

浅草公园香花之盛东京第一

十七日　至外务省见岩村成允君。据称，现已介绍毕，来日即可参观。因致谢而归。晚，司缉亭至，与商参观事。

参观东华小学校

十八日　晨八点钟，往日本桥区观东华寻常高等小学校，校长伊藤政良君出迎，接待甚殷，延入应接室，坐谈一时许。据言，本校落成于明治三十四年，三十五年开始教授，建筑费约四万元，为东京市小学校中之最完美者。因日本桥区多富商，集款较易故也。现寻常与高等生徒共千人，男五百七十，女四百三十。寻常者十三班，高等者四班。教员二十三人，男教员十五，女教员八。每年经费约九千圆。教师俸金六千圆，馀三千圆为添置标本、器具，运动会，雇仆，一切杂用。所收入学费仅五千圆，其不足者则由公费补助之。谈毕，导观各教室。其教师与生徒见客至，俱鞠躬致敬。历观历史、地理、英语、理科、国语、修身、算术、音乐、图画、体操诸教法。寻常与高等各年级程度深浅，各自有别。惟寻常第一年级男女合教，馀皆分室。末观藏置标本器械等室。观毕，复导入应

33,1,18

接室，详言办理小学及教授儿童之法，并出生徒所作图字，及各种课本、功课表、经费表、生徒成绩表、学校规程相示，且赠校舍建筑图、儿童学用品一览二纸、家庭之注意书一册，复言曰：“凡教育儿童，须学校与家庭合力，始克奏功。贵国注意教育，小学固重，而家庭尤切，故以此相赠焉。”厚意殷勤，诚为可感。《易》有之曰：“蒙以养正，圣功也。”孔子曰：“入则孝，出则弟。”凡其所言，不外我国圣贤之理，惟当求其实行焉可耳。

赠图等物

十九日　星期。学校休假，不克参观。午后一点钟，偕司缉亭游靖国神社。社在九段坂上，一曰招魂社，祀嘉永以来尽忠死难之人士。门外竖双铜柱，高大异常。社前后左右地皆庭园。社前地约长数十丈，有大村兵部大辅铜像。馀常夜灯、石狮子等类甚多。社后遍栽樱树，中有池，置喷水器，为一少年拥抱大鲤鱼之状。其水由鲤口喷出。池旁设石亭椅桌三四处，以为游客憩所。隔池筑假山，中悬瀑布。其外则梅松掩映，芳草如箦。行人不哗，珍鸟时鸣，洵佳境也。游毕，观游就馆。馆居社侧，专集古今内外之兵器。此次日俄战争所虏获于俄军者，亦多陈于馆前。馆有楼二层，分二十馀室。炮弹、枪刀、剑戟、甲胄、旗帜、马鞍、兵服、金铜皮革暨军舰、炮台模型等类，难以数计。所陈兵士战死时所着衣服，血痕犹存。又壁悬油画战图与各将军士卒肖像，见之使人气壮。归途观九段坂下之国光馆。馆亦与上野公园之𢢔画馆同，现为辽阳大激战图，所见杀戮焚烧惨状，有因药弹炸裂、人骨肉

靖国神社

游就馆内专集兵器

飞舞空中者，有败阵奔逃枪弹自后追及洞腹者。古语云："一将功成万骨枯。"信哉！虽然，男儿欲报君恩重，死到沙场是善终。盖兵不畏死，而后兵能强。兵强，而后国可立。习见死亡之状，乃激其轻生之心，非仅供把玩也。其用意深矣。

女子高等师范学校

二十日　观本乡区女子高等师范学校，校中附属高等女学校、寻常高等两小学校及幼稚园。是等附属学校，均为师范生徒之练习教法而设。幼稚园中，正教室有三。至一室，见保姆正导儿童游戏，地板上画大圆周二道，外圆周与内圆周离二尺许。小儿分两班，依二圆周旋转。复至一室，见儿童唱歌。保姆按风琴和之。末一室，保姆正导儿童观动植物图画。课毕，复导之出游园中，观草木鸟兽之真者。此外，复有谈话、手技等课，惜未及见。三室外，有一别室，系教贫乏儿童。三正室中，儿童现额一百二十人，别室四十人。最大者六岁，最小者三岁。出幼稚园，主事者复导观寻常、高等两小学、高等女学校以及高等师范。其层级以次递进，至高等师范，则程度益高。本科分文科（伦理、教育学、国语、汉文、外国语、历史、地理、音乐、体操）、理科（伦理、教育学、外国语、数学、物理、化学、音乐、博物、体操）、技艺科（伦理、教育学、外国语、物理、化学、家事、裁缝、手艺、图画、图案、音乐、体操）三部外，又有研究科、专修科、保育实习科。本科之毕业年限共四年。至第四年，生徒则于附属学校及幼稚园实地练习教授保育诸法。最后观校中

33,1,20

寄宿舍，导引为一女舍监，历行自习室、寝室、理装室、月番室、茶话室、医局药局病室、洗濯室、浴室、食堂诸处。屋舍清洁，布置有序。据言现在寄宿生共三百八人。观毕，至应接室，与庶务员坐谈片刻，承赠本校规则一巨册而别。

二十一日 观东京高等师范学校所附属之小学校。校在神田区，为高等师范学校生徒练习小学教法而设。九点钟至校。先入应接室，见壁悬校舍建物图、功课时间表暨生徒所作字图器具花草裁缝等类，又生徒试验答案亦悬其间，以备参观人之取阅。历观寻常、高等两小学各级答案，其程度高下不同，大约皆有心得。观毕，遍览各教室一周。其教法之善，与他处不同。最后至一大教室，见一男教师正自他处教体操完毕，导诸童鱼贯而入于一女教师前，分两班就坐。男教师去，女教师按风琴教之唱歌，娓娓可听。校中男女生徒约千人。

东京高等师范学校附属小学

小学教法之善与他处不同

二十二日 晨八点钟，往牛込区参观第四中学校。时校长因事他出，事务员热心教育，导观各处，莫不殷殷罄告，且详示建筑校室与布置器物诸法。据言，本校建筑费约八万圆，其教室、体操场、运动场、标本器械室等处，较小学更善，标本器械室所陈置亦较小学为更多。最后至应接室，校长已归。与接谈，兼询中小学办法，辩论约二时许。大致言教育须求切实，智育、德育、体育三者之间，而德育为尤重。凡人民忠君爱国之诚，须由中小学校养成之。各科目最重修身科。谈毕，复引至一大室，言即

第四中学

修身教室 修身教室。又三大节时，与行开学卒业式时，教员生徒均齐集于此，分班递进，庄严整齐，同唱国歌，奏乐和之。即向壁间所悬御影行礼。礼毕，校长捧教育敕语，宣读讲解，令学生知教育宗旨之所在。继校长对学生发训辞，勖以忠孝观。毕，复至应接室，蒙赠本校规则暨校中所用表纸等项。本校生徒约四百人，我国留学于此者三人。五年毕业。其教科分修身、国语、算术、体操、图画、音乐、历史、地理、英语、理科、汉文、法制、经济等项，凡中学校课程均如是。

女子师范学校 二十三日　观东京府女子师范学校。是校依师范教育令，养成女子小学教员。三年卒业，生徒定额百八十名。凡官费生即须入本校寄宿舍，馀皆通学。历观各教室，其程度较女子高等师范所授者为低。末至体操场，见教师正教女生体操，步伐井井，颇有尚武精神。归途至贺木阶、张亚农处小坐而别。

商业学校 二十四日　观东京高等商业学校，遍览各教室，暨图书阅览室一周。是校专授商业上高等之教育。凡生徒入学者，须先入预科。预科卒业，而后入本科。预科一年，本
预科科目 科三年。预科所教者共十二门，曰商业道德，曰书法，曰作文，曰数学，曰簿记，曰应用物理学，曰应用化学，曰法学通论，曰经济通论，曰英语，曰法西德义清俄韩语中
本科科目 之一语，曰体操。本科所教者共二十门，曰商业道德，曰商业文，曰商业算术，曰商业地理，曰商业历史，曰簿记，曰机械工学，曰商品学，曰经济学，曰财政学，曰统

33,1,24

计学，曰私法，曰破产法，曰商业行政法，曰国际法，曰英语，曰法西德义清俄韩语中之一语，曰商业学，曰商业实践，曰体操。生徒每学年所纳学费约三十元。又别设专攻部，以便本科卒业生之攻究商业专门学，二年毕业。商业教员养成所亦附置于此。吾国留学者现三十馀人。午后，至司缉亭处，坐谈二时许。

留日学生三十馀人

二十五日　观东京高等工业学校，校中附属职工徒弟学校及教员养成所，生徒共七百馀人，岁费十五万圆。本校学科分染织、窑业、应用化学、机械、电气、工业图案、建筑七科，三年卒业。又有补习科、选科。历览各教室暨生徒所作器物，靡不美备，图画机械更精。日本之工业畅行于吾国，无怪其然。欲筹抵制之方，非多立公司、广兴工业不可。午后，往书肆购图书等类。晚，司缉亭来寓，与谈学校办法甚久。

东京高等工业学校

二十六日　星期。晨，司缉亭至，与游芝公园。园路曲折，老树参天，苔花覆地。寺庙古迹甚多，不暇备述。出园，过街市，约一二转，有爱宕山。山面筑石阶近百级。缘阶而上，则烟火万家，云海千里，远近风景，一览无际。山上有庙社，曰“爱宕社”。南有塔，曰“爱宕塔”，高十丈。近因修整，闭锁不能登。沿山设长椅，坐憩片时，乘电车归。午后三点钟，赵徽五来谈。晚至锦辉馆，观电影戏。每演一次，必须演说。以汉语译之，则诙谐之中，仍寓忠义之激劝云。

芝公园

观电影戏

二十七日　观东京美术学校。校置日本画科、西洋画

东京美术学校

科、雕刻科、图按科、金工科、铸造科、漆工科。此外复有预科。预科卒业，而后入本科，共五年。先观日本画科教室，凡四生徒，多坐画。画法精粗不一。继至西洋画科，见白垩造成半身之模型甚多，学生十馀辈，对而摹写其形状。又观雕刻以下各科，各臻佳妙，其中以雕刻为最

警监学校专为我国留学生立

精。观毕，访赵徽五，谈论二时许。同观警监学校。校专为吾国留学生设立，现生徒四百馀人，归与同寓赵鹤琴坐谈。赵亦此次领咨游历者。

东京音乐学校

二十八日　午前九点钟，观东京音乐学校，干事富尾木知佳君导观各教室一周。歌声乐声，相续不绝。有独奏者，有合奏者。有独唱者，有合唱者。惜此道非所素精，仅微领其佳妙而已。最后至奏乐室，座广可容千馀人，为开音乐演奏会之所。虽未躬睹其盛，情形略可想见。历览各室，多陈风琴、洋琴等器，据言上等者可值千馀元。现校中男女生徒约近五百人，学科有预科，有本科，有研究科，有师范科，有选科。本科分声器、乐器、乐歌三部。乐歌部中，虽我国及西洋诗文亦教之。十二点钟归寓。午后三点钟，接都中家函。

东京盲哑学校

二十九日　午前九点钟，观东京盲哑学校，校长小西信八君延入应接室，言本校系为教育盲哑子弟，使得自立之道而设，有寻常、技艺二科。盲生寻常科分国语、算术、谈讲、体操四门，哑生寻常科分读方、习字、作文、算术、笔谈、体操六门。盲生技艺科分音乐、针治、按摩

盲生技艺
哑生技艺

三门。哑生技艺科分图画、雕刻、指物、裁缝四门。除专

33,1,29

修按摩者三年毕业外，均五年毕业。此外，又别设教员练习科，以教从事盲哑之教育者，一年毕业，分为三学期。现全校盲生男女合八十馀人，哑生男女合二百二十馀人，寄宿者不过百人。职员与正助教员二十八人，岁费约一万六千六百元。凡盲生卒业者，可为针法按摩、琴师、医业等事；哑生卒业者可为裁缝、绘画、照像、印刻、染物等事。谈毕，舍长石川重幸君导观各教室。其教盲生读书习字之法，系以五十字母编成记号，印于纸上，成圆凸形，使以手摩而读之。石川君试以名刺书字与之辨认，又命读国文教科书，一一无误。教盲生地图之法，系用模型，凡山脉都邑，俱作凸形，使可摸索而得之。教哑生发音之法，编五十音为各种记号，使手练纯熟，以代语言。或使以镜对照，自为练习。又贴纸于额，令时向上吹之，久则成音。遍览各教室一周。又观盲生自习，弹琴唱歌，暨哑生所作纸花雕刻等物。末至一室，藏物甚多，云均系哑生所作，即拟陈列于此次劝业博览会者。观毕，石川君复导入标本器械室，以机械造我国凸型地图二纸，即以相赠。复蒙赠本校规则一册。出时，见厅上悬一额，题曰“国无弃材”。夫国至有盲哑废疾者，亦所不弃，则教育之普及可知。教育兴，国焉能不兴？出校后，犹为之感，印于心者久之。

盲生读书习字之法

哑生发音之法

国无弃材教育普及

二月初一日　观高等师范学校。日本全国高等师范学校仅有二，一广岛，一即东京。校为养成师范学校中学校之校长或教员而设，有预科，有本科，有研究科。其毕业

高等师范学校

期限预科一年，本科三年，研究科一年。乃至二年本科，分国语汉文部、英语部、地理历史部、物理化学部、博物学部。现校长为嘉纳治五郎氏。历观各教室、图书室、标本器械室暨寄宿舍。其学问教法办法之善，自不待言。归途，观牛込区宏文学院，即嘉纳氏为吾国留学生所专设者。此处为本校，尚有二分校，一在巢鸭，一在小石川区大冢町。学科有普通科，有速成师范科，后又设速成警察科。现生徒共一千馀人。

嘉纳治五郎

宏文学院

初二日　午前至本乡区汤岛观教育博物馆。馆为东京高等师范学校所附属，其地即旧圣堂，祀孔子，以颜曾思孟四哲配享，岁时致祭，一如吾国。馆内陈列场分三处，第一陈列场为别室，第二、第三陈列场即以大成殿两旁廊下充之。凡内外国教育物品，自地学、星学各仪器以至体操、手工器具、小儿玩具，罔不备者。又有教育图书阅览所，陈列多种图书杂志，一切人俱可往观。午后，至神田区骏河台观明治大学，校长为岸本辰雄氏。校内有预科，有本科、专门科，有高等研究科。预科一年半卒业，本科、专门科三年卒业。本科专门科之学科分四部，曰法学部，曰政学部，曰文学部，曰商学部，现生徒二千馀人，我国留学于此者约五十人。又岸本氏曾专为我国留学生设经纬学校，校在神田区锦町，有普通班，速成警察班，学生共五百馀人。现速成警察班自锦町移于本校中。

教育博物馆

明治大学

初三日　午前观第一高等学校。此校为入帝国大学者授预科，凡分三部，第一部乃预备入法科大学者，第二部

第一高等学校

33,2,3

乃预备入工科大学、理科大学、农科大学者，第三部乃预备入医科大学者，三年卒业，合计学生千人有奇。至校时约九点钟。校长不在，与教头五岛清太郎氏接谈。略询教育大要，五岛氏为之详说一切，凡教育源流以及发达现况，靡不罄告。最后言我国图兴教育，须先期中小学之普及。又言我国地广人众，实业为亟，而边省则尤重。谈毕，导观各处，自图画、生理、物理、化学、地质、矿物、外国语、体操各教室，以及标本、器械、图书室，纵览一周，复导入校长室。校长新渡户稻造氏已归，而坐待矣。为言我国留东学生现况，且言现与同人商酌，此后拟亟为我国学生谋亲切完善之教法。约谈二时许，蒙赠本校规则一巨册而别。午后观东京警务学堂，亦日人为我国留学生所专设者。

五岛详告教育大要

初四日　星期。午前九点钟，游日比谷公园。园广大平坦，周围有六门，道路纵横，树木阴翳，设草亭花坛最多。又于林间置长椅百数十，以为游客憩所。中央有池，设喷水器，为只鹤集于岩上，张双翼之状，其水由鹤口喷出，高数丈。又有椭圆形之大运动场，场北有高阜，建音乐堂，时时开音乐会于此。归途观二重桥。桥在皇城内，为日皇出幸经跸之所。晚六点钟，至本乡座戏园观剧。座广大，可容千馀人。建筑宏丽，铺陈华美。演台上设山寺林树等景，罔不逼真。时演者为一贵族女公子凌逼其庶母携子离家，颠沛流离，靡所不至，其后庶母暨子与旧时女婢晤于山中，呜咽泣诉。一时座客观者俱为之泣下，甚至

游日比谷公园

戏园观剧

有泣而成声者。噫！情之感人亦甚矣。

帝国大学

初五日　至本乡区观帝国大学。日本全国官立大学有二所，一西京，一即东京大学。内有分科大学（法科大学、医科大学、工科大学、文科大学、理科大学、农科大学），有大学院。分科大学，高等学校大学预科卒业生入之。大学院，分科大学卒业生入之。卒业分科大学者，从其学科有法学士、医学士、药学士、工学士、文学士、理学士、农学士、林学士、兽医学士等之称号。入大学院者，经定规试验，有博士之称号。此外，又别设选科，以便学徒之于各分科课程中选择一课目或数课目而专修者。总辖大学全部者，有总长；统理各分科大学者，有分科大学长。现生徒四千四百馀人，以前卒业者六千六百馀人。除农科大学别设于茬原郡驹场外，馀法、医、工、文、理五科均设于此中。至校时已九点钟。许先观法科、文科教室及其列品室、研究室，继观工科、理科。其各标本图器室、实验室、列品室中，凡关于二科之用者，巨细悉备，不能具述。最后至医科大学，仅阅其系统剖解、病体剖解等教室，及其标本室。凡人于剖解后，其头身骨具以及脑心肝脾肺肾等，无不分类陈置于此，以供参考。脑腑等物则以药水浸于玻璃缸中而保存之。馀室以时晚，不能参观。此次观帝国大学，自午前九点钟，至午后三点钟，云尚不及睹其十之三四，则其规模之宏远也可知矣。

分科大学毕业各种学士称号

初六日　晨赴茬原郡驹场观农科大学。学科分农学科、农艺化学科、林学科、兽医学科。先观各教室、标本

33,2,6

室、图书室、寄宿舍、诊察所、养蚕室、温室、养蜂所、土窖穴库等，凡历二时许。厥后，又观校中所设农场、圃场、水田养鱼池、桑园、林产物试验所。观毕，已十二点钟矣。

初七日　至上野观劝业博览会。是日为开会之期，始于本日，终于六月二十一日，凡四月馀。午前十点钟，举行开会式。观者塞道不得入。至赵徽五处坐谈。午后二点钟，复往观焉。会场分二所，建筑华丽，一在公园中，博物馆前，一在公园旁，不忍池岸。在博物馆前者，有第一号馆、第二号馆、第三号馆、第四号馆，园艺场、家畜陈列场、美术馆等。在不忍池岸者，有外国制品馆、机械馆等。除外国制品馆机械馆外，馀皆陈列齐备，凡天产物与制造品，罔不悉具，以时晚不能详视（定观览时间自午前八点钟起至午后四点钟止），仅各处粗览一周而已。此次博览会专为东京府民所设立，祝战胜之良果，谋产业之发达。其建筑费约百万元。据云数年前大坂之内国博览会亦不能远过于此，则其实业之进步可知矣。 上野劝业博览会

初八日　午前观陆军中央幼年学校。凡入本科者，必须本校预科卒业生，或陆军地方幼年学校卒业生，专授普通学科及军人之预备教育。校长步兵中佐竹内武导观各教室，自兵操、测量、数学、图画外，兼有理化、博物等科。预科三年卒业，本科二年卒业，而后入联队。生徒整肃，非他校可比。午后三点钟，至公使馆访吴仲成。 陆军中央幼年学校

初九日　为日本春季皇灵祭日，以各校休假，不克参 日本春季皇灵祭日

观。午后一点钟，赴小石川游植物园。园地广数十亩，各种树木花草药品分科植之。继游团子坡。路甚狭，两旁花园最多。云每岁九月，菊花开时，园主作菊细工人，形面目手以蜡制之，衣服以菊花结成之，遍布园中，是曰“菊花人像馆”。惜未见其盛。四点钟归寓。夜中大雨，檐溜有声。

菊花人像

初十日　午前大雨，在寓观书，未出。午后雨止，赵徽五来谈。

十一日　星期。午前至公使馆访吴仲成，归途游麹町公园。园中有高阜，由二石阶而登阜上，老树成阴，荒苔覆地，行人绝迹，但闻鸟声。其幽趣与深山无异。都市中得此亦佳境也。

十二日　大雨，终日未止。午前作家书与致友人函。午后阅日本民刑事诉讼法等书。晚与同寓王玫伯坐谈。王由广东奉委至东考察学务者也。

托岩村介绍参观政界

十三日　午前十点钟，至外务省访岩村成允。因参观学校将毕，再托其介绍参观政界。岩村君谓俟作介绍，公文约以二三日后来取。午后偕赵徽五至京桥区。晚七点钟，地震。日本为岛国。其国土由火山磅礴郁积而后突起，全境火山多至一百馀，故地震时最多。

日本教育之善，不外一“实”字

十四日　复大雨。因将连日所考察学务事项暨其办法与章程编理一切，细思日本教育之善，不外一“实”字。如中小学校之教室，只求其适于卫生与光线合度，不务华美。所用课本，均由文部省检定，适合学徒程度，无躐等

33,2,14

之弊。所授课程，求讲解，不求记诵，重实践，不重虚谈。各学科中，特重修身、伦理等科，勖以仁义忠孝，以感发其敬群爱国之诚心。又此外教育之善，不外于“普及”二字。全国无论贫富男女，至七岁即须入寻常小学。儿童学龄不入学者，罪其父母，科以罚金。现国中各种学校多至二万九千馀所，学生五百五十万馀人，教员十二万五千馀人，岁费四千万馀元。别设徒弟学校、感化院、痴儿院、盲学院、聋哑院等，以教贫弱者、恶性者、颠狂者、废疾者。自维新至此，不过三十馀年，而教育之进步如是，大抵从一“实”字做出。我国若步步踏实，加以扩充，其规模宏远更当有甚焉者。观人观我，此其借鉴矣。

早稻田大学

十五日　午前观早稻田大学校，分大学部、专门部、高等师范部、高等预科四种，又附设实业学校与中学校。吾国留学于此者百馀人。此外别为吾国学生设留学生部，暨同仁医学校。学生近千人。历览教室、图书馆、寄宿舍，其规模甚为完备云。

振武学校为我特设

十六日　午前九点钟，至牛込区观振武学校，系为我国特设。学生近四百人，授普通学科。年馀毕业后，即入联队。其程度之深浅，不可知。然苟以其所学，归饷本国，则张皇六师，实有望焉。日本取法泰西，遂能以兵力取胜，固知冰寒于水，亦视其力行何如耳。

政法大学

十七日　午前观法政大学，校长为梅谦次郎，教授法律、政治、经济、学术。有大学部，有专门部，有高等研究科，有大学预科及外国语专修科。数年前曾为我国学生设法政速成科，分法律、政治二部，一年半毕业。现学生近千人。午后遣人至外务省取介绍公文归。

参观劝业博览会

十八日　星期。午前复至上野，观劝业博览会。是日天气晴和，游人甚众，而各所之陈列品亦较前为备。第一号馆中所陈者，系教育用品、化学制品、窑业品、金石品、涂物皮革、被服绣花、采矿冶金品等类，第二号馆中所陈者，系木竹制品、纸制品、饮食品、水产、农业、园艺、林业、狩猎、建筑、土木、图书、经济、卫生品等类；第三号馆中所陈者，系染物织物、器具、箱笼、标本等类；第四号馆中所陈者，系陆海军用品、武器、日俄军事品、战利品、市役所出品等类；第五号馆中所陈者，系韩国统监府山林局特许局之出品等类。此外，美术馆（日本画、西洋画、雕刻品、金属品、绘绣屏风等类）、机械馆（机关车、瓦斯机关、蒸气机关、脚踏车等类）、外国制品馆（各国一切制品，其中最珍异之物）、水族馆（均鱼类，有三尾之膃肭脐，有高足蟹，足长一丈二尺。又有台湾之飞鲨、琉球之斗鱼等类）、动物馆（虽牛马豚兔鸡犬等物，亦莫不收容之）、人类馆（日本石器时代遗物）、盆栽陈列场（果木花草等类，有五叶松，价值五千圆）、蔬菜果物陈列所（东西洋珍异品俱有之）、温室（室中花卉争妍竞美）、体育馆（馆中体操、游泳器具均备，以供人之游戏）、演艺馆（歌舞、演剧等类）、不思议馆（电气各种奇术），更设置丰美，不能毕睹。观毕，

33,2,19

已午后四时矣。

十九日　雨，未出。细阅日本小学各种管理章程，撮其最要者而录之。盖国家谋兴教育，必以小学为根本。而小学亦较他种学校为难办。倘管理不善，则贻误多数子弟。日本规定小学管理法，恺切详尽，可谓知本。按：明治三十三年所颁布之小学校令，其第一条云："留意儿童身体之发达，而与以道德教育国民教育之基础，并授以生活必要之普通之智识技能为本旨。"简言之，即斟酌国民所必要之程度，而施以智育、体育、德育三者也。窃意三者之间，德育尤重。第德育非可以迹象求之，其所教修身科目重讲义，尤重实践，故现今教育大家于管理法之外，更研究教授法及训练法。吾国创办小学伊始，虽难尽求完善，而要其所当注意者，固若是之亟也。晚与同寓王玫伯论师范学校办理法。师范学校为造就教员之地，无教员，则国家无论何种学校皆成虚设。日本三十年前，亦以此为大病。近师范人才已属大备。吾国近今亟力谋此。或设学堂于国中，或派学生于国外，数年以后，其庶几无乏材之叹矣。

日本小学管理章程

施德智体德育尤重

二十日　午前九点钟，至麹町区观警视厅，晤第一部警务课长新藤银藏君，导观陈列室、检疫所。陈列室所悬图，吾国内地巡警兵俱在其列。观毕，复导至应接室，细论警察之职权及办法，约一时许。按：警视厅为管理东京府下警察及消防事务之所，其长官曰"警视总监"（属下有警视、技师、警察、医长、警部、警视属技手、警察

警视厅

医、消防机关士通译等）可以发厅令，位与府县知事同。厅内置第一（刑事）、第二（风俗）、第三（卫生）三部，分掌职务。夫以普通制度言之，警察本应属府县知事管理，而东京则特设警察专官者，因皇居所在、中央各官厅所在，且各国公使所在，事务甚繁，一知事不能兼顾也。十一点钟，观消防署。署亦在警视厅内。署长承警视总监之命，掌关于水火消防事项。复设消防分署于东京各地，共六所。

本乡区警察署

二十一日　午前观本乡区警察署。东京府下警察署共二十三所（属于市者十五，属于郡者八，亦有更设分署于外者）、水上警察署（专司水上警察事务）一所，皆以警视为署长，以警部为署员。署长受警视总监之命，掌理署中之事务，监督部下之属官。本乡警察署即二十三所之一焉。至署约九点钟许，警部谷口直志君延入应接室，为言本署现在办法暨职员俸给等事项，复导观各处。十点钟，观消防第四署。此系分设（即前言东京各地亦分署中之一，第四分署设于本乡区）。署与本乡区警察署邻接。署员备言防火之法与其器具，娓娓可听。午后，往书肆购警察法规等书，用备参考。

东京地方裁判所

二十二日　午前八点钟，往麹町区观东京地方裁判所（与大审院、控诉院在一处），晤所长渡边畅君。适值吾国学生十馀人在此询裁判所构成法，渡边君为之讲论一切，因坐听焉。听约一时许，渡边君命书记官长田兵次郎导观刑事、民事法廷暨检事局辩护士诘所、公众控所，继

中国学生询裁判所构成法

33,2,22

导观控诉院、大审院各处。每至一处，长田君无不殷殷相告。观毕，长田君言本日民事、刑事俱有公判事件，因坐待。至时先入刑事法廷，观其裁判。见判事三人并列上座（中为裁判长，两旁为陪席判事），检事居其左，书记官居其右，辩护士对坐其下（均着玄青色职服。判事领饰纹为紫色，检事领饰纹为红色，书记领饰纹为茧黄色，辩护士领饰纹为白色）。辩护士旁为被告人，处一木笼中（手足俱未枷锁），有警察监守之。时判者为一无钱饮食事件，定罪处一年六月之重禁锢、十圆之罚金（因被告者以前共犯大小罪十六次，至此次始为检事告发，以累犯加重论）。次入民事法廷，观民事裁判。上座亦有判事三人（按日本裁判所构成法，惟区裁判所仅判事一人，地方裁判所三人，控诉院五人，大审院七人。区裁判所谓之“单独制”，地方裁判所等谓之“合议制”），书记居其右，惟无检事。下面对坐者，则有原告，有被告，有原告之辩护士，有被告之辩护士。原被告人不置一词，均辩护士一一代为陈诉。历观刑事、民事裁判，见其法廷皆整齐严肃。又裁判长质问时，辩护士辩论时，裁判长审毕定罪时，皆引据法律，无以意为轻重者。观毕，已午后一点钟。归寓。细阅日本裁判所构成法暨刑事诉讼法、民事诉讼法等书，手之所披，证以目之所睹，益了然也。

刑事法廷观其裁判

民事法廷民事裁判

二十三日　午前往芝区观东京区裁判所。区裁判所审理最轻事件，如刑事之违警罪及禁锢不满二月、罚金不满百园者，民事索债争债不满百圆者，归本所处分之。此外

区裁判所审理最轻事件

又掌登记事务。历览法廷暨检事局、辩护士诘所、公众控所等处，其规模亦备。按日本裁判所构成法，区裁判所为始审裁判所，地方裁判所为第一审之合议裁判所，控诉院为第二审之合议裁判所，大审院为最高裁判所，有终审之裁判权。日本全国区裁判所凡三百，地方裁判所凡四十九(各府县厅所在地均有之)，控诉院有东京、大坂、名古屋、宫城、广岛、长崎、函馆之七所，大审院惟东京有之。

日本裁判所构成法

参观行政裁判所

二十四日　午前往麹町区观行政裁判所。所内长官一人，评定官十五人，置第一、第二两部。第一部长以长官为之，第二部长以评定官一人为之。凡裁判所属于司法权，独行政裁判所不然。盖行政裁判所为专处理行政诉讼之所，凡官吏行政有不公平者，人民均得诉讼于此。遇有诉讼时，必长官以下五人以上列位，乃行裁判。据其书记官言，凡于国内有政权者，均不得为此所官吏。盖恐其有所庇护，而设此制也。

往游二五共进会

二十五日　星期。午前赵徽五、司缉亭等来谈。午后同往游二五共进会。会亦与劝工场同，为旧岁东京商民所。新设陈列亦丰富。有楼二层，建筑宏丽。院内设茶室、饮食室，以为游客休憩之所。

东京府厅

二十六日　晨，至麹町区东京府厅。厅内设知事官房及内务部。内务部分第一、第二、第三、第四等课，分掌事务。厅为明治四年所设立，现厅建筑费十八万圆，明治二十七年移于此所。观毕，复观东京市役所（即设于东

33,2,26

参观东京市役所

京府厅内)，事务员桑岛谦三君延入应接室，详告一切。据言内分内记课、庶务课、会计课、调度课、卫生课、教育课、土木课、水道课、劝业课，又有临时市区改正局，分经理课、工务课。市长一人，助役二人，收入役一人，局长一人，技师长一人。此外，则有课长、技师、事务员、技手等。市长岁俸六千圆，助役二千五百圆，收入役一千七百圆，局长五千圆，课长自一千四百元至八百圆不等。复有市参事会，以名誉职参事会员十二名，及市长助役组成之，直接监督市政。谈毕，导观各课暨会场等处。按：日本地方自治制，分府、县、郡、市、町、村。市、町、村为最下级之自治团体，府县合郡市而成为最上级之自治团体。但市与郡虽同属于府县，而亦有异者。盖在通都大邑为之市（凡人口有二万五千以上者如东京、京都、大坂等是)，而不成大镇者谓之郡也。此外区别尚多，详于行政法中。(友人赵徽五言："日本维新以来，市町村制颁于明治二十一年。欧洲各国自十八世纪以后，始认人民自治制度。盖必国家之势力强固、人民之程度高尚，而后可以言自治。否则，国内之团体分散，而国家不足以制之，其妨害治安，有甚焉者矣。故人民之程度发达固有不可遏抑之机，然亦不可徒震其名，致生事实之障碍，斯两得之。"其言如是，不为无见。因附记于此。)

区役所

二十七日　晨观浅草区役所。东京市内区役所共十五（东京市内分十五区，曰麹町区、神田区、日本桥区、京桥区、芝区、麻布区、赤坂区、四谷区、牛込区、小石川区、本乡区、下谷区、浅草区、本所区、深川区)，而浅草区役所居其中之一，俱受东京市长之命令，执行区内之事务。至时约九点钟许，区长延入室中，先指陈一切，而后引观各处（有办事室、议事堂、学务委员室、议员控所等处)。据言全所分六系，曰庶务系、兵事系、户籍系、卫生系、会计系、税务系、水道系。役员一百四十人，各有专责。区长岁俸一千二百圆，馀役员自六百圆以至二百圆不等，合计全所岁用约十万圆。

司法省监狱局

二十八日　午前至司法省监狱局。司法省中共分二局，曰民刑局，曰监狱局。监狱局管理监狱及假出狱监视假免等事务。据言，日本监狱分岛地狱、内地狱二种。岛地狱为执行徒刑流刑之所，内地狱为执行惩役、禁役、禁锢拘留之所（日本刑法上分死刑、流刑、徒刑、禁狱、惩役、禁锢、罚金、拘留、监视、科料没收、剥夺公权、停止公权各种)。

巢鸭监狱

二十九日　晨，往观巢鸭监狱。是处为中央监狱署，改建于明治二十一年，屋舍广大，容犯人二千一百馀名，管理官二十馀人，岁费十五万圆。凡犯人被监禁于此者，均令作工，谓之“定役”（日本刑法上有定役者，惟徒刑、惩役、重禁锢三种)。主事者先导观狱室，见其室内外皆精洁，每室居十人或八人不等（监狱学家论拘禁囚徒之方法有二种，一曰杂居式，一曰独居式。日本现用杂居式。论者谓其经费虽省而弊端甚多，如聚多数犯人于一室，使之昼夜研究为恶之方法，欲望其改过自新则甚

犯人于此均令作工

33,2,29

难)。浴池、浴堂各别，病者分居他处。有传染病者，则各为一室。有会话所。犯人亲属来视，会晤于此。但相见时间有限制，且狱官在旁监视之。有暗室，室中仅有空气，全无光线，甚狭小，不能运动。犯人不守狱则者，罚令居此中。居此者必减食，第不得过七日。犯人未满十六岁者，不处此罚（日本狱中罚则有屏禁、减食、暗室等项)。楼上设教务所。凡犯人工作，必七日一休息，令其入此听讲。有别室，系专教十六岁以下之幼者。遍览狱室毕，复观工场。场分六所，一铁工场，二木工织工场，三竹工纺工场，四亦为铁工场，较第一工场稍大，五舂米工场，六制豆腐工场。每场容犯人二三百名，均衣赭。晨五点钟起，晚八点钟寝，终日力作。每场有狱官数人监视，勤者赏，惰者罚。工场壁间，遍书先贤格言（如"有志者事竟成"、"德不孤必有邻"等字样)，令终日对之，以生其悔悟之心。所获工值，半充狱中经费，半俟其出狱时给之（日本定制，有由官司令囚人作工者，有由工商业面定囚人在狱作工者。巢鸭监狱所行者为官司业)。合观狱中各处，觉其待遇犯人，饮食教诲，罔一不至。其用心可谓周矣。午后二点钟，归寓，观日本监狱学大家所著监狱等书。其办理方法与吾国古籍容有不同，而其用意一以仁慈感化为主，实即我中国圣贤所言之理也。

监狱工场分六所

工场壁间遍书先贤格言

三十日　午前观淀桥净水工场。是处为东京水道总所，水源导自多摩川（隔工场十一里，水质最良)，先入沉澄池（沉澄池有三，每池长七百二十尺，宽三百四十

净水工场

尺，深二十尺)，继入滤池（滤池凡十八，每池长二百五十八尺，宽一百六十八尺，深九尺。池中蓄水深三尺，水底铺砂深六尺)。沙滤一过，再入净水池（净水池仅一，上覆以炼瓦，瓦上覆以土，恐有尘埃污垢之物入于其中也)，然后由净水池引入机关所。机关所中装置唧筒机械四台，每台有三百六之实马力，每二十四点钟能送水百万立方尺（地较东京高一百二十六尺，故水力甚足)。合计池中蓄水共九百万立方尺，对东京人口百五十万，适足供一日半之用（平均每人每日用水四立方尺)。每岁收入四十万圆，支出二十万圆，获利不为不厚。惟是创办之始(创办于明治三十一年)，费资本金八百五十万圆。自开办至今，以之弥补，尚有不足。其故由于东京用水人数尚少（据言百五十万人口中，用此水者仅五分之一)。若全用此水，则利更丰矣。

养育院

三月初一日　午前至小石川区观养育院。院长涩泽荣一接待甚殷。据言，院内收容穷民迷儿暨行路病者现一千二百三十馀人，岁费六万二千馀圆，皆捐自民间。院内有事务所、医局、药局、离隔室、避病室、教场、工场、幼童工场、炊事洗濯场、说教场等处。谈毕，导观一周。见病室中各病人榻前悬一牌，书到院年月及其年岁，所患何病。又有一室，尽居无病之老者。中一老人长须曲背，询之百四岁矣。至教场，见幼儿百馀人，唱歌游戏，与幼稚园无异。午后，观东京府立巢鸭病院。

初二日　星期。午前观书未出。午后赵徽五来寓，约

33,3,2

上野动物园观麒麟

往上野动物园观麒麟（新购至美洲，半月前已至东京，因性畏寒，纳于深室中，今始陈出），一牡一牝，身高三尺许，长六尺，头角小，颈长，体灰色，杂以斑纹，与吾国俗画麒麟甚异。公园中又新设世界周游馆、空中观览车。世界周游馆内凡十一景，巴黎、伦敦、圣彼得堡等大都市，罔一不具，皆用油画法绘于壁上，相距咫尺，而栩栩欲活，如游真境。空中观览车为大圆形，可乘坐二百馀人。升于空中，东京市中全景可见之。观毕，复入博览会场。场中陈设较前更备，璀灿绚灼，目迷五色，几不可以正视。第一号馆中所陈花瓶玉石香炉各类，多值二三千圆以上。又高等工业学校、东京美术学校、府立染织学校、女子美术学校、裁缝女学校、盲哑学校等成绩品，亦陈于此中。三点钟，至徽五寓坐谈。晚七点钟，归。归途过不忍池畔，见博览会各陈列所室外，均饰以电灯，作各样花形，照映水中，光彩夺目，诚为胜境（因此之故，每日游览约六七万人，每人入场券日金一角，以四月统计之，近百万圆。即此亦巨款矣。提倡工业，利亦寓焉。宜此会之谋屡开也）。

博览会场目迷五色

印刷局

初三日　至麹町区印刷。局为内阁总理大臣所辖，分部三，曰印刷部，活版部，会计部。别设抄纸部，在北丰岛郡王子村。共使用男女职工数千人，岁支一百五十万圆，收入一百六十七万圆，岁赢十馀万圆。凡官报、钞票、邮票等印刷物，俱由此出。输转文明，此其导线。顷者吾国人有在上海兴大印刷工场之议，或亦有见于此乎。

参观铁道作业局

初四日　午前赴芝区，观铁道作业局。局为递信省所管辖，管理官设铁道之建设、保存及运输等事，分五部，曰计理部、建设部、运输部、工务部、汽车部。长官一人，部长五人。午后，观新桥工场。场亦属于铁道作业局者。每日用职工一千数百人，制造汽罐、汽车桥桁、水道、铁管、缔织等物。

炮兵工厂

初五日　观小石川区炮兵工厂。厂属于陆军省，为制造军器之所，有工场数十栋。所制炮弹自九生的至三十二生的，枪皆四五年前旧式。全厂各机皆备，惟不炼钢。又附属有制炮所，在北丰岛郡王子村。

德律风即电话音译

初六日　午前观电话交换局即德律风，入室见列坐者皆十数龄女子，司掌交换机关，口舌手耳，一时并用。午后至三菱合资会社。

参观古河熔铜厂

初七日　观古河熔铜厂。遍览熔铜室、化学分析室、电气分铜室、发电机等处。全厂使用工人三百名，工价至高不过一圆。熔铜一日，得五万斤。伸铜一日，得一万斤。电气分铜一日，得五千斤。按：日本为有名之铜产国，最近产额达三千五百万斤，占世界总产额十二分之一。铜块多销售吾国，以备熔铸。然吾国产铜之处，亦实不少。讲求矿学，乃今日之亟务。

蚕业讲习所

初八日　晨，赴北丰岛郡蚕业讲习所。所长本多岩次郎曾于光绪二十四年至中国视察蚕事，归益改良教育。所内毕业生先后一千八百馀人。遍览茧丝标本室、养蚕室、养桑室、水质鉴定所、机械室各处，见其育蚕缫丝之法，

33,3,8

均较吾国为精。夫日本自昔，蚕业本逊于吾国。后以讲求新法，而其业骤进。据最近调查，全国每岁茧产额二百馀万石，输出生丝四千四百七十万圆。我国沿江各省，为有名产丝之所，而出口货亦以丝为大宗，倘从此求精，则其利必更大。他处养蚕缫丝固宜设法改良，而江浙为尤亟云。

初九日　星期。至京桥区观动植、矿物、标本图画。

初十日　往日本桥区观日本银行。是处为日本中央大银行，创立于明治十五年，建筑费八十万圆，资本金一千万圆，现增为三千万圆。股东九百七十九人，国库收入金均存置于此。室式分本馆、别馆。本馆地下一层，地上三层。地下室为金库，地上第一层为营业场，第二层为重役室、集会室，第三层为计算统计等室。别馆地下一层、地上二层。地下室为厨房，地上第一层为公债部，第二层为手形交换所，甚宏丽精巧。观毕，晤监事内田耕作氏，略询一切。据言，日本全国各种银行总数（有横滨正金银行、劝业银行、农工银行、北海道拓殖银行、台湾银行、兴业银行、普通银行、贮畜银行等种类）共二千三百八行，资本金总额五亿二千六百七十二万七千五百圆，发行硬货纸币共六亿六千八百万圆。 日本银行 手形交换所即票据交换所

十一日　观日本劝业银行。行为明治三十年所设立，资本金一千万圆，对农工业者贷助。以资本贷出之期间较商业银行为长，有迟至三十年始还者，而利息甚低，皆以不动产（如田产房屋等是）为抵当。此外，又发行债券， 劝业银行

以求增入资本。当其时，必附以彩票。有得彩千圆者，人多争购之。是亦奖励之一法也。

上野公园樱花遍开士女如云

十二日　午前观东京印刷株式会社。午后复游上野公园。时园中樱花遍开，士女如云。有踏秋千为戏者，有击剑为乐者，有且行而且歌者。据云，日俗每年如是，本年博览会中较往昔更甚焉。

铁道株式会社

十三日　至日本铁道株式会社，晤监查役久野昌一氏，谈约一时许。据言，明治五年九月，始开通新桥横滨间之铁道。厥后，私立会社迭起，敷设遍于全国。观国中线路延长，凡九千馀里。合资本六亿六千七百万圆。每岁乘客总数一亿四百五十六万馀人，货物数量二千二百万馀吨，收入赁金七千九百馀圆。国家有军事运送固资便利，平时收入其款亦如是之巨，则其关系为何如也。

邮船株式会社

十四日　午前至日本邮船株式会社。社设于明治十八年，资本金二千二百万圆。东京置本店，内外国各地置支店及代理店凡七十馀处。有汽船百馀艘，吨数约二十万吨，马力一万五千馀。按：日本全国汽船总数不过千二百馀艘，吨数不过五十馀万吨，而邮船会社之所有已如是，其势力可谓巨矣。

三井矿山合名公社

十五日　午前微雨，观书未出。午后往日本桥区三井矿山合名会社，晤主事冈本贯一。据言，本社资本金二百万圆，为东京矿山会社中之最著者。复询日本矿业矿产等事，言全国现今坑数五千三百馀，矿区总面积五亿坪，每年矿产额四千万圆，中以煤炭为最巨。据最近调查，煤炭

33,3,15

岁产额六百八十馀万吨，价值二千八百馀万圆，消费额五百馀万吨。其次者为铜，岁产额三千五百二十万馀斤。馀金银亦甚多。国中自昔产铁最少，岁不过三万吨，而需用常十数万吨。幸数年前发见斧石铁矿，云可产出六百五十万吨之铣铁。现办理颇有成效。

十六日　星期。晨，乘汽车往游横滨。横滨为通商巨港，西洋及我国人居留于此者甚多。我国商人居集一处，设店贸易，略与内地相等。十二点钟，至成昌楼饭。饭毕，店主引观商人所办会馆暨学堂等处。学堂规则亦颇完善，男女生徒约三百馀人。午后四点钟归。　往游横滨

十七日　复往日本桥区东华小学校，访校长伊藤政良氏，细询小学办法，谈论约二时许。自管理以及教授诸法，莫不言之娓娓。末复言，我国欲办学校，须先培养师范。日本为我国所设速成师范，非不可备一时之用。然欲得教育之精神，非习师范十年，断难奏效也。午后至各书肆，寻购小学管理法、教授法、训练法等书，暨各种完善教科书。　东华小学

十八日　午前往游向岛。向岛在隅田川岸，为东京第一胜地。沿川堤长千馀丈，种樱数万株。时樱花盛开（日本樱花种类有彼岸、一重、八重之别，彼岸开最早，一重次之，八重更次之。向岛为八重樱，故开最迟），堤上水中，车舟相望。繁弦醉歌，欢笑狂舞。水隅为震。复见有观花之人，或三四十人为群，或数人为群，饰诸种怪状，涂花面，附以假髭，手携酒食旗帜玩具等物，口出狂　向岛胜景

言，杂跳于人众之中。遇不相识之人，亦相与劝酒，劝谑为乐。日俗如是，不为怪也。游堤片时，至百花园小憩园，亦为东京名所。

十九日 午前发家函。十点钟，赵徽五来谈。午后，复往上野观博览会。时开会已逾月馀，远近来观者尚络绎不绝于途。逢星期与祭日，则尤为繁盛云。

公馆辞行

二十日 午前部署归装，未出。午后赴公使馆，见杨星垣公使辞行。继至吴仲成、黄涤清处坐谈。五点钟归寓。

二十一日 午前诸友人来寓送行。午后五点钟，至新桥。六点钟，乘汽车行。彻底不眠。

二十二日 晨，开窗眺望。近水远山，皆可娱目。沿路复有桃杏杨柳之属，青红相接。十点钟，抵神户。午后二点钟，登丹波丸。四点钟，展轮。

抵长崎

二十三日 卯起，观日出。金碧交辉，海天一色，诚雄观也。十点钟，过门司。晚八点钟，抵长崎泊焉。

二十四日 午前十二点钟，展轮行入黄海。风浪较大。

二十五日 风势愈强，船震荡，不能起坐。晚九点钟，泊吴淞。

二十六日 午前抵沪。

文恺东游日记

人名索引

十一画

十二画

十三画

十四画

十五画

文恺东游日记

译名简释

四画

手形交换所
票据交换所

十五画

德律风
telephone,电话

左湘钟东游日记□

光绪三十三年（1907）

二月二十六日	自上海启程
二月二十七日	抵日本长崎
二月三十日	抵日本东京
四月初二日	因病返回上海

光绪三十四年（1908）

四月二十八日	再从上海启程
五月初一日	抵日本长崎
五月初三日	至新桥
八月初八日	返抵天津大沽

□ 据国家图书馆藏清末抄本整理

□ 朱发建校点

33,2,24

光绪三十二年十一月呈请由上海一带措足资斧，随时出洋；十二月领咨禀辞，至上海度岁。三十三年开正后，张罗川资。二月下旬，次子宜儿来申随侍，束装东渡。 安排行程

三十三年二月二十四日　阴，小雨。上午至正金银行，兑换日本钞票。下午至三菱公司写日本博爱丸二等舱，至横滨二券五十元。迟恐满额，故须先期购定也。 订票

二十五日　晴。下午，运行李至虹口日本码头，上博爱丸船。二等舱在上层，玻璃窗可以望远。是船为日本株式会社所造，以便邮递。株式者，集股之谓也；会社者，公司之谓也。装货不多，黄豆食物。船主、司事、水手，皆日本人。供使令者有一宁波人，以伺候中国之客。三等舱在下层，旁一小舱，为中国人坐处，一格四席稍隘，少人则宽耳。头等只二西人。 博爱丸

二十六日　晴。巳正启碇，至申初波浪渐大，人多卧

上海起航 不能起，不饮不食。湘曾渡北洋二十馀次，久历风涛，故仍饮食如常。

二十七日　晴。午正见五岛高峙海中，三时至长崎口

至长崎 停轮。头二等客皆集食堂。少顷，关上来三人，内一医生，年四十许，来验病，一望即去。楼下三等舱客并水手使用人，分两班立，医生遂一诊脉一过。仅一病人，携行李随去。验毕，船进海汊，上下客皆以小船载之，运煤至三时之久，始展轮出口。此地左为闹市，屋虽不高，尚整齐；右山岛中，有村居，闻华人工商极多。夜风狂船播，人多呕吐。

二十八日　阴，大风。早抵马关，医生验病。停六时

抵马关 之久，始启碇。地处万山之中，有七炮台，如贯珠。午后三时，过周防海，一望无际。

抵神户 二十九日　雨。早六时，抵神户。验病讫，同船中国数人，纷纷下船。上海客费君欣三，每年贩棉花至此，云此地有中国贸易三千馀人，以棉花豆子为大宗，夏布草席，到此贱售。一经修饰，仍贩中国，则十百其利。每年日货出口，至三百馀兆之多。一望屋宇稠密，市井比连，车马辐辏，一大市镇也。

抵横滨 三十日　晴。上午十时抵横滨。验病讫，泊船后，上岸拍电与同乡留学生，起行李至税务关。查验后，即上火

寓东京 车。抵东京新桥停车，即有同乡接待，雇小车送至鹤卷町玉水馆寓焉。一路下船下车收行李，皆随意赏钱，无一争竞。若中国海船茶房、铁路工头，则诛求无厌矣。闻其铁

33,2,30

路开办时，自东京至横滨，为国家创办，馀自横滨达长崎，皆创于会社。集股时虑亏本，颇观望。后经国家担保，利息不敷归国家补助，始踊跃办成。线路日长，君民共享其利。盖国不歧视其民，民自不歧视其国。藏富于民，故税虽重，民不怨也。

藏富于民

三月初一日　晴。本馆系日人所开。进馆时，女主人并下女均叩首迎接。入门即脱靴鞋，换洁净草靸，行木板上，登楼入房。房铺草席六张，明窗净几。壁有活门，抽开可放行李。伺候茶水、添饭，皆下女之事。地板每日揩抹，厕室亦无点尘。每食菜二碟、汤一碗，虽少而洁。与次儿隔房卧。每月房饭灯油，日钞三十馀元。惟洗衣车力，日需酬应。酒馆则无一不贵。下午出大街电车路散步一回。小弄之内，亦有扫出秽屑堆积路旁，猫狗鸡矢皆有，亦似中国。惟无养猪者而已。正街地如瓦背，旁亦铺小石子。晴天灰起，店家泼清水，土湿无尘。行人稍不经心，则湿衣矣。尚幸无秽污之水也。

玉水馆

东京街况

初二日　晴。赴同府诸君处谢接待之劳。一日之长，尚未尽到，可见地方之大。民间房屋无础，防地震也。一月震一二次，或不震。富贵家围墙砌方尺白石，桥梁、洞门均此石，无坏时。近京皆石山，故不甚贵。人力洋车，比津沪价高十倍，马车价尤昂，非权贵公使，不甚坐。税重故也。

人力洋车比津沪价高十倍

初三日　晴，天气和暖。拜同省诸代表，后同至麹町区饭田町五丁目江西留学生事务处，谢百华年侄招待。屋

至江西留学生事务处

小而雅。一老妪，司洒扫给茶水，连房租，岁需三百馀元。有盛举或特别事，方开会。会长一人、书记一人、会计一人、招待四人，一岁一换。纠察员对于同乡之官、外省贪污者，有纠察之权焉。

公使馆

初四日　晴。辰正用面包牛乳，旅馆例点也。坐人力车至麹町区永田町公使馆，询知监督一方地，专管留学生事。客座内外皆满。书记官窗开一洞，长方尺许，授受文件，不见其人，止闻其声。觉极公冗。政界一方地，凡关于政治及游历员交涉之所。湘遂投进咨文、手版履历，禀到禀见，公使事冗未见。请给绍介书，传谕数日后来领。退出流览一周。房舍不多，而规模宏敞，树木阴森。出头门百步外，大道平坦。两边重楼峻宇，围墙皆巨石累砌。左系日本皇孙府第，右有亲王之邸及各国使馆。过大桥，即电车道。左近多旅馆、番菜馆。时已下午，偕同伴至风月楼小酌。粤人所开西洋料理。其云料理者，烹调之谓也。若日本料理馆，亦用中国厨司，料理饭菜，旅馆亦然。

中国留学生会馆

初五日　晴。上午至本乡追分，回安庆余小笠君拜。至福山町回各同乡拜。旷野中多勋贵府第。有古樟，三人合抱，围以木栅，可见日人能保护古物也。下午至骏壹铃木町，中国留学生会馆。拾级登高，门内小院落。再十馀级，入门一客厅，中设长桌，三面靠椅，面南设风琴，任人随意抚弄。中悬各省司事总像，并张文达公小照。东一厅事，厅后图书满架，报纸纷陈，为阅报看书之所。楼亦

33,3,5

如是。地高楼迴，临窗四望，楼台十万，皆在目中。是日早稻田大学校长鸠山君辞位，大隈重信伯爵，自充总长，举行推戴礼，登坛演说。中东生徒五千馀人，猗欤盛哉。

初六日 晴。偕同乡至本乡区元町二丁目私立习性寻常小学堂。授刺引入讲堂，见生徒自六七岁以上、十一二岁以下者，五六十人，适教英语，师云：法兰西贝安氏有言：欲学语言，须从小时学起。脑筋满足，行止坐卧，必模仿之，虽游戏未尝废，至老毫末不忘也。年长感念甚多，不能专心，随得随失。诚哉是言。校中科学七：修身、国语、算术、体操、图画、唱歌、裁缝。一年入高等科，加地理、英语二科。共二年卒业。 私立习性寻常小学

初七日 晴。至神田东明工艺劝业场，稍加省视，已历数时。购物数事，均不二价。有长同六条，楼上下设货已满，与北京荷包巷相似。其漆器、瓷器、绣货，影画皆佳，纸花戏耍物，则形容酷肖。可见工艺之妙。留学者言，若遇货物滞销时，则早日报告“某日大卖”。至期鸣锣擂鼓，竖红旗云“大卖福引”。“福引”者，彩票之谓也。如有购物五元者，则给一等券；购一元者，则给二等券。持券至另处，交券抽彩。一等券头彩可值十数元之物，如钟表钻石首饰之类；二等券头彩可值三五元之物。头彩鲜有得者。其馀不过信纸、手巾、学校仪物，所值仅数十百钱而已。无虚掷者。然是日之价，比寻常稍昂。以所得偿所失，适足相抵。亦招徕之一极妙法也。 工艺劝业场不二价 招徕妙法

初八日 阴，微雨。闻神田区一ツ桥通町有高等师范

高等师范附属小学校

附属小学校，创于明治六年，沿昌平校故址，二十三年四月移此，为通国学校之准。一脉相传，渐推渐广。教法相同，故其人民程度，如一垆铸出、一模印成，无大出入。须先考究此校，馀可一以贯之也。请得绍介书，偕译员至校。投书刺，棚桥源君出见，礼貌甚恭。为言本校教法分三等：一名多级单式，谓一师一课也；二名多级复式，谓一师二课也；三名单级教授，课一师而兼数课也。有同时同教、同时异教者。教师未易称其职，尽其分也。昔年与露西亚战争时，暂用单级教授，节用以充军费。后渐改为多级复式、多级单式矣。谈已多时，辗转传述，始得纲领。乃至应接所，见陈列各生成绩，组纸切贯，粘工细工，按图画仿纸色板排，按色板排配，匀颜色也。折纸，犹用纸折作玩具也。组纸，言编纸为方胜也。切贯，犹切纸合成花纹也。粘工细工，犹捏土成器而范之，可肖各国人物也。刺绣裁缝扑斫，皆分标学级及生徒姓名，一目了然。第一部寻常小学百六十人，高等小学生八十人；第二部寻常小学生百二十人，高等小学生亦百二十人。适有客来，应接不暇。且已午后三时，天暗欲雨。订约改日参观，匆匆而返。

露西亚即俄罗斯

初九日　阴雨。休息日。是日开博览会。同乡汪、周、卢、程诸君，邀往一观。有各国古玩，奇技巧艺，中国牌伞靴帽、妇女鞋饰等物，隐寓揶揄，不堪设想。一眺即返。同寓生有崇拜日人者云，日本文明甲于大地，其农夫俗子下女车夫，皆谙文墨，能阅报章。湘曰言之过也。

33,3,9

尝步行小市，见一妇阅书，故作问路者，用铅笔书与看之，则茫然不知。索其书视之，则白话也。城市如是，乡农可知矣。又常独出访友，唤人力车，亦用铅笔作字，与之议价，亦冥然莫解。数目且然，文理何有哉。

初十日　晴。早起，仍至神田高等学校。棚桥君引至第一部寻常小学一学年室，见其上课时，教师高宣口号，鱼贯而入，就坐鞠躬，彬彬然礼貌甚肃。内有初学作字者，师先讲如何执笔、如何磨墨，乃书数字母于黑板使诸生仿之。日字母止五十一字，纵有正草之分，而每字不过五笔，故易仿写。若中国字多笔繁，大不便照板访作也。再观第二部寻常小学一二学年级，为唱歌。女教师登讲堂，先辨别音节，始按风琴和之，娓娓可听。生徒上阶下阶，步步与琴中之节，声声相应，不少差谬。及生徒退班下阶，琴韵遂截然而止。一师讲修身，以忠信为本，将“忠信”二字，反正比喻，引证英国哲士、中国孔子，各尽其义。忽问诸生：“尔等曾用忠否?”一生作而举手曰：“我一日与友游戏水边。友失足扑水中，我忙入水牵扶而起，衣裳已湿透矣。”师曰：“然则尔亦后悔乎?”曰：“喜之不胜，无悔也。”师奖励之。又问：“尔等曾用信否?”一生作而举手曰：“我一日放学回，母令我往视姊疾，嘱早回午飧入学。及至姊家，絮问家事，俄延许久。忽忆母言，急奔回。幸未误上学时也。”师笑曰：“然则尔已饿一顿饭。”对曰：“姊留飧矣。”众生皆失笑，师亦夸之。一师教图画，先教以或尖或圆或平，大有分别，而

寻常小学教学情形

画一尖形于板，使照图本比较访之，必求其似而后已。不贪多，不责难，不躐等，由浅近者教之，使之易于入手，循循善诱之法也。讲毕退课，诸生礼让而出。仍约明日参观。

循循善诱之法

十一日　晴。复至神田高等学校，观寻常小学第一部四年级。讲国文，以汉字为主义。讲修身，引高田善右卫门如何勤俭、如何经营，孤诣苦心，积铢累寸，方能创业起家。用古人故事，譬喻勉励，诸生闻之，喜笑颜开，一齐鼓舞。感教法之良，比昨日教二年级者，已入木三分矣。校中午飧，湘亦偕译员至会芳楼小酌后，出街一游。见一日人急奔至同口小解而去。然则街市禁小解之说，亦不尽然也。乃诣校中观寻常小学第二部三四年级，讲修身云：少年光阴似箭，稍纵即逝，时不可失。而引法国达尼沙为例，如何惜时光，如何勤事业，不敢自图安逸，以辜负天时。口讲指画，愤激而谈。诸生皆有勃然兴起之意。彼教师于中国历史，亦极讲究，岂不知大禹惜寸阴，陶侃惜分阴，而旁征远引不一及之，独举法人以为法者，良以举国妇孺，皆尊崇法人，效法法人，援引法人，易于感动之故也。一师教国文，用多级复式法，三年与四年，程度高低迥异，而同在一室。彼此教法，斯有不同。乃先问三年级云：火车运载之状，已经讲过，可详细记之。随问四年级，讲海底电线之法。讲毕，旋察三年级以记载之当否，复询四年级以复讲之是非，易而教之，互以课之。只争数分钟时。一则口诵心维，一则攻疵击瑕，两无暇晷。

讲修身用古人故事

教国文用多级复式法

33,3,12

然而教之者全神皆注，五官并用，尤戛戛乎其难矣。订约停二日再行参观。

英国甫斯大将参观早稻田大学

十二日　晴。是日英国甫斯大将往早稻田大学校，大限伯同全体学生欢迎。同乡在此校者，邀往参观。仪容整肃。甫斯君周览一过，即登台演说，大都赞颂之词。大限伯谦让不遑。诸生拍手之声，群然而起。演说毕，邀甫斯君往大限伯府第饮宴。湘退出，至校前一瞩。苑内铸有大限伯铜像，闻皆生徒醵金为之。苑外街市亘长，皆学生日用所须之物。校后山林阴翳，青葱可爱。左右多旅馆。校中立有寄宿舍，特为留学生宿食之处。规模完全，费亦较省。既得合群利益，又可交通知识。求学者莫善于此。至于旅馆，则以营业为谋生，以图利为目的，远不逮也。问知早年数里之地，皆属稻田。自开此校，逐渐填平，创造店房旅馆，安寓中国学生。故三四里内，均名"早稻田"，而分为数十町数百番地。可见发达之速也。今校西南二里外仍是稻田，田外高山，颇有田家风景。

十三日　晴。偕译员至芝区二本榎町济美学校参观。此校特为教授中国普通速成师范而设，科目日语、英语、算术、代数、地理、历史、博物、化学、图画、体操。见教师在板上书云："凡计体积，理学上最适当之单位，等于各积长之单位。"书讫，讲解百十言，始令诸生算而记于板，错则改之，不厌其烦。各生如已一年或二年，而程度不及者，一经考验，则仍令退回，再补一年，谓之打班。稍不专心，有打班二次者。亦良苦也。战事后诸物腾

济美学校特为中国

留学者用费浩繁

贵，留学者用费浩繁，月须日金三十元。稍事宽绰，岁可耗千金。日政府统计中国留学每人每年七百元焉。

十四日 晴。仍同译员至神田高等师范校参观。高等一年级第一部，教师正讲北部山地受日本海之影响，地气温，适于养蚕；南部山地，受太平洋之感化，地温而雨多，适于森林。高等三、四年级第二部，教师正讲历史，西乡隆盛等三杰士革除三藩之事，竭力形容，发张眉竖。诸生拍手，大有闻鸡起舞之感情。皆多级单式教法。一师教高等一、二年级第二部，正讲英国文字，浅显易于入门，皆福泽谕吉所翻译。凡书千馀种，通俗教育居多。福泽两次奉命游欧美，明治六年，立庆应义塾，教英文。凡国内二十以内子弟，无不知英文者。多级复式法不外此对答、彼预备之法。再观高等三、四年之级第二部讲算术，先教三年学，以珠算笔算之法，令诸生算明；次教四年学，以几何算法，造轮船必如何算，造火车宜如何算，令诸生算明，书于板。而课三年生之误，转而问四年生，有疑难者书出，皆明白则举手。乃从举手中择一人问之。所答不谬，乃罢。三年四年浅深不同，故教法亦因浅深之。参观已毕，辞出，约明日过从。

讲历史用三杰士事

教育持久之法

十五日 晴。午初，棚桥君来访，邀至西泽馆小酌。问以持久之法。据云无过节省经费，凡职员可减者减之，可兼者兼之。如以教师代管理，一师兼数科是已。凡洒扫之事、服事之役，即以诸生轮流分值。至拔草平地、运石砌墙，皆工程科应省之事，且可增长气力。练习攻守，为

33,3,15

体操分内应有之务，即可预备他日出军之用。按此校课程，不使儿童过用其脑力，而有活泼之精神，不拘绳墨，故无厌倦，务诱之进修，奖之勤学。教法之良，无过于此。宜其举国皆由此推行也。

教法之良无过于此

十六日　晴。星期。同乡邀往看女妓。唱歌跳舞，虽言语啾啾不辨，然声韵激烈，应弦合拍，长衫博袖，大有古风。

十七日　晴。偕友步行二三里，即有私立工艺中小学校二三所，略一游眺。或因放学，或因接待员公出，未及细观。询友何其学校之多，友曰："近因中国留学者多，新立数十校，专为罗致华人，缩短学之程，滥与证书，但取学费，不计功课，专于谋利，必达其所以经营之目的而后止。而中国之希图速成者，相率而入。于是日人之华屋起，家室富，荒芜辟，货物销。向为旷地，今成市井矣。而华人方源源而来，以灌输之，不察之甚也。"

新立学校专为华人

不计功课专于谋利

十八日　晴。同乡留学生开会欢迎，演说学界之事，勉励一番。入馆赴席，捐洋二十元。

十九日　雨。赴公使馆领绍介书。中途大雨，中衣湿透，卒不获往。

二十日　大风雨。身体不爽。雨止，强步出游。见有医畜病院，询知民间狗猫有病，送院稍偿药资。是亦恩及禽兽之一端也。

二十一日　阴。连日感冒风寒，头痛身酸。闻是日日皇亲诣靖国神社，祭日俄战死将士。乃同程铎君，早往观

靖国神社

之。社前石碑约五丈，有“靖国神社”四字，左右两碑，“扬辉照暗”四字。后有白石狮一对，闻自天津运来。内有大圆冢一座，社西二铜像，一子爵品川弥二郎，一陆军大将子爵川上操文。斯时士民妇孺数万人，静立以待。至午正，明治皇同皇后太子皆坐马车而至。前列马队十对，后二马车，载数大臣而已。一时道旁之人，皆脱帽为礼，欢呼万岁，声如雷动。日皇下车，亦脱帽答礼，随至社前行三叩礼。随来护从及百姓，均随后行礼毕。游憩一周，回跸。百姓欢呼送之。彼国之待武士，如此其诚且敬也。且一国之主，轻车减从，下与小民周旋礼数，一德一心，焉得不强哉。

二十二日　晴。通身壮热，延日医服药水，自服保丹。

二十三日　阴，大风。仍大热未退，服药无效。

二十四日　阴，大风，仍大热。同府诸君尽来探视。以此间医院不便，力劝回国就医。

二十五日　阴，大风。连日冒风，服药无效，病日加重。同乡集视。适有回国者，定于明日同行，令宜儿收捡行李。

因病回国

二十六日　晴，大风。早起雇车。程君送至新桥。偕同乡坐快车。行两日夜，饮食不进。

二十八日　晴。抵长崎。比夜上法国航船。

二十九日　晴。大风。午刻启碇，下午颠播。

四月初一日　晴。风稍平。仍有呕吐者。

33,4,2

四月初二日　午刻抵上海，住大方栈。下午暴雨。次日延医诊视。历三月馀始发愈。赴南京措资，得悉长子升儿溘逝，复患伤寒。直至三十四年正月，前赴九江一带，措足川资。四月仍由南京赴上海，宜儿随侍，复行东渡。 抵上海

戊申年四月二十八日　晴。赴正金银行换日钞。价极昂，每英洋百元，仅换钞票八十四元有奇。至三菱公司，购筑后丸二等航券二张，前赴长崎。 光绪戊申复行东渡

二十九日　晴。卯刻发行李。自上海大方栈到虹口上船，与广西留学生何守淑同航。十时启碇。午后风浪渐大。

三十日　晴。风大船颠，合船皆卧不能起。

五月初一日　晴。辰正至长崎，关人验病讫，船始抵埠。运行李至税关。查验讫，至第一楼旅馆暂停。午饭后至大街一游。一大都会也，有十万家，六十万人，两警厅。中国贸易者多，货物整齐，洋瓷绣货居多。半山之上，有天满神社，石级百十层。最高处古木森林中有卖冰楼。登高一望，楼台海岛，颇堪悦目，足见日人善培胜境。是夜初更，运行李至火车站，购二等车券上车。亥正二十分开车。夜间极冷。 至长崎

初二日　雨。星期。辰正抵马关，换车，搭客下车。行一里许，至海埠。巳正过渡，加洋换快车票，上车即开车。所过山洞十数处，必燃电灯。食堂所卖饭菜，皆冷不能食，面水亦冷，其俗使然。夜半过神户，电灯累累，光明如昼。可知商务之盛、营业之多也。 抵马关 过神户

初三日　晴。一路见村町疏密相间，野无旷地，山无秃土，青葱悦目。屋旁多有园林，树如图画，草无参差。巳正抵下郡，午初抵三田，午正抵横滨，未正抵新桥。同乡接待，雇车送至牛込早稻田町，九番地中和旅馆下宿。

抵新桥

初四日　晴。至鹤卷町神田本乡麻布区各同乡处谢接待之劳。

初五日　晴。至永田町，晤书记官同乡王君盛春，一见如故。公使馆投刺呈履历，李公使事冗未见。请绍介书，传谕另日给发，退出。是日中国端阳节，同乡程铎诸君，邀往不忍池泛舟游湖。值莲花初开，香远益清。回馆小酌，畅谈作浮瓜沉李之戏。

藤枝银行交存汇券

初六日　晴。巳初至鹤卷町藤枝银行交存汇券。司事出纸条名印鉴，令本人盖一钤记，下署己名，折置收纳。系，系即处也。交票点数，再至预金系交单，换取预金通帐一本，即支取簿也。他日取洋，有簿无印，有印无簿，均不准支。如被盗窃，即行报告。此举因本馆主人斋东源告白防窃故耳。或云此地路不拾遗，然报纸所登，窃盗之事，层见迭出，有防不胜防者。

初七日　晴。同乡留学生卢士模、周显二君，请至太和馆小酌。程铎相陪，尽欢迎之意。申刻散席，同赴激水桥看水碓数十，皆不须人力。中国亦有，不及此地之多耳。

参观陆军学校

初八日　晴　同寓广西杨奇才君，留学陆军校有年，为之绍介，同至青山北町现行陆军学校参观。值教师讲历

34,5,8

史拿破仑第一事，如演剧然，唇口翕张，眉飞色舞，觉英风飒飒，如见其人，足以启发生徒无限思想。至操场，见其穿黄色军衣，背食具，水筒，衣包，走鞋火药具备，穿皮靴，持洋枪，悬腰刀。教师唱口号，鱼贯而登，鞠躬挺立，分两队，枪械相对，如临大敌。练习讫，仍唱口号，鞠躬退班。解衣饮食，冷饭、冷菜，皆极粗粝。咨询之下，为言每当极寒极热、雨雪坚冻之时，教师传令，即刻披挂而出，无敢因循。凡以养成坚结身体，以事远征、耐苦战之资格。然休息时间，或游公园、剧场，购券减半。赎卖日用所需，价均稍廉。一入学校，即注军籍，为官民所钦敬。故皆乐于当军。闻亦有富贵家规避者，或假作疾病，或托故为游历，俟国家无事，再行补充。虽举国皆兵，征调时亦不尽能用命也。

初九日　晴。星期。至永田町公使馆，领得绍介书。来往皆坐电车。一人一回五钱，一人来回九钱。一钱如当十钱一枚。国中洋价无涨落。定价每元百钱，银洋止有五角，注五十钱，二角注二十钱，一角注十钱，半角注五钱。凡一元、五元、十元以至百元，皆纸币。金洋一元，重一钱一分半，值五元；其值十元二十元者，递加重焉。买卖往来，均用钞票，无整元银洋。我中国亦多日本洋，此间皆不通用。而洋价之低昂，虽云准金定价，实则操纵之权，定于国家，故能独揽利权也。 国中洋价无涨落

初十日　大雨。是日早稻田大学专门政治科考验功课。同乡请至本乡观剧。所演名“大农”，喁喁之声，语 本乡观剧

言不谙。大致情节径直，无甚曲折，不足缕述。计五幕，演讫一幕，即张一布幕，高障台面，停十分钟再演。谓之一幕，犹之一折也。其屋舍及一切器具、运动机器，随人转移。无管弦之喧，无人声之扰，安坐静观，极绘声绘色之妙。

十一日　仍大雨。译员阻雨不至，集同寓生讲维新之始云：庆应以前，以天皇为天神，徒摆虚位，政归三藩。德川氏为三藩之首，设幕江户，即今东京。自西乡隆盛，创议倒幕开学立宪，天下响应。德川等，格于正论，遂归兵权土地人民于天皇。明治元年三月十四日，日皇亲临紫极殿，以五事自誓：一广会议、采众论；二普朝野、建方略；三任文武、一心志；四破陋习、秉公道；五求智识、振皇基。七月下诏云：欲行新政，势必迁都，着以江户为东京，择期临莅。十月车架发西京，莅江户，减仪仗，禁喝道，许士民相见，行脱帽拱立礼，立学校，延西师为教员，强迫子弟入校。自是而下直言之诏、申勤职之诫。明治初政如是，已足见维新之精神矣。

维新之始

十二日　晴。辰正偕译员乘人力车，往巢鸭宏文学院。投书刺，引至事务所，暂坐。顷一职员来，招待甚恭。询悉是校系岸辰雄君所创，专为清国留学生教授普通科学，共有三校，一在大冢，一在牛込，此为巢鸭也。言讫，导观各教室。每室一班，每班若四五十人不等，共五班。我国俱占多数。一班教地理，一班教英文，一班教算学，一班教化学。一年级者有日人译中国语言，二年级以

巢鸭宏文学院

34,5,12

后则无之，以生徒均能通日语故也。至普通二年级教室，正值教员实验化学，以铜片投硝酸中，俄顷臭气充满一室。见其中生褐色气体，而铜即溶化为青色之液，名为硝酸铜。诣各教室流览一遍，复至事务所休息而旋。

十三日　雨。辰正程铎君来寓。以早稻田大学校近距里许，而程君又在是校专门部政治经济科二年级，饭后偕至事务所，晤教务主任青柳笃恒君，及主事渡俊治君。谈伯爵大限重信君创设此校，专为教育清日两国人才起见，彼此皆无歧视。旋由青柳君嘱职员藤田君引导参观。先诣清国留学生部，生徒约五百馀人。东京各校，中国人以此校为最多。至第三第四第五教室一观，均普通科，教授东语，及算学各种。次观师范部，分为三科：一物理、化学科，二博物科，三历史地理科。藤田君引至理化教室，系去年新筑，学生机桌坐椅，凡十馀列，由前至后，每列高五寸，愈后愈高，恐后列者为前列所蔽，不能注视明白也。盖欲明物理化学，全在实验，观实验一次，胜于照课本研究数次，尚不得其诀。是时正讲物理中之音学。教员用粉笔书于黑板，云："凡音皆由空气而传，无空气则无音。今试证明其实。"即出一橘形之玻璃球，其中悬一小铃，放平摇之，锵然作声。旋用一机器，将球中之空气拔出，再摇之则不复闻铃声矣。盖所谓物理者，即中国致知格物之学。自《大学》亡"格致"一篇，遂无人研究，中国塾师亦无人发明其说。今反得之于友邦，诚可慨矣。

早稻田大学

清国留学生部

物理化学全在实验

十四日　雨。仍约程铎君至早稻田大学校。藤田君如

师范科博物班

旧相识，欢迎坐谈片时，引入第一教室，系师范科博物班之生徒。教员正讲矿物中水成岩火成岩之状态，又讲金刚石等于黄金白金，岩石崩裂后流而混杂于河底堆积之砂中，自其中择而取之，或打碎岩石而拣选出之，著名之产地，为阿非利加、巴西、印度等处，日本不产此也。至第七教室，系历史地理班之生徒，中悬一非洲大地图。旋见教员书于黑板云："琥珀者呈奇丽之黄色，如松脂之光泽。或赤色，或褐色。包含如蜂之昆虫于内者为贵。摩之发松脂之臭气。是生育于前世界，而埋没于地中而出来者。"书讫用手指图上所出之处，为西班牙、意大利等处。又告诸生曰："日本陆中磐城亦产之。"教员所讲皆日语，而我国诸生，皆听之了了，言之谆谆，故能用铅笔逐一记之。时已午后二时，见藤田君似有倦容，辞出，至事务所休息片刻，仍坚明日参观之约。

私立学校规模阔大以此为最

十五日　雨复不止。仍邀程铎君诣早稻田大学校。藤田君引观大学本部。系大限伯爵最初创立之处，分为政治经济科、法律科、商科、文学科、师范科。今年四月又增设理、工二科。东京私立学校，规模阔大者，以此为巨擘焉。校中附设清国留学生部，专为教授中国普通及师范而设。大学部、专门部，则日本学生居多，中国学生亦与同班，一视同仁，无二教法。而考验多占先焉，故亦乐于同班。至大讲堂一览，有生徒三百馀人，中国生数十人，即政治经济科也。讲师系法学博士浮田和民君。讲之者口若悬河，滔滔不竭，听之者振笔捷书，手不停挥。恍闻春蚕

浮田和民口若悬河

34,5,15

食叶之声。黑板所书，皆英文，惟末书数汉字云“三权分立说之谬误”，盖批驳西儒孟德斯鸠三权鼎立说之不能行于日本也。随至甲班教室一览，系讲法律科。教员在黑板书“第六章　害风俗之罪律”九字，讲云：“一条有公然为猥亵之行者，处三元以上、三十元以下之罚金；二条公然陈列害风俗之册图画及猥亵物而贩卖之者，处以四元以上、四十元以下之罚金；三条开张赌场招结博徒者，处三月以上、一年以下之重禁锢，加十元以上百元以下之罚金。知情赁屋者同罪，但赌饮食者不在此限，赌具财物没收之。”讲毕，又至乙班教室，系商科生徒，已辍讲矣。最后入高等预科，教室一览，即退。时生徒退班回寓及寄宿舍者，循循然络绎不绝。此校总长向系鸠山和夫君，辞职后诸生推大隈伯爵充之，学监系法学博士高田早苗君，迄今创立二十六年。陶铸人才，不知凡几。今四月政府见其增设工理二科，深嘉其教育之宏，由宫省赐银三万两以奖之。噫！文明之进步，激昂国民，根于教育，其所以使林林总总、其有国家思想者，正非无自也。

小石川看活动影戏

十六日　晴。星期。无可参观，广西友人请至小石川看活动影戏。门外购正坐券，入门脱靴付守者，换牌而入。正中方丈地铺红毯，设坐垫，席地而坐。台下张大幕，台上电灯四照。开幕时，台下灯光尽灭，只对面一线电光注射台上，现出种种色相。共计十二幕，多西洋奸骗之事、变幻之戏。有夫妇挈一皮包，内储财物，被一贼半路诳窃，夫妇穷追。贼或钻入地中，遁入铁柜，变蛇入水，幻虎归山，层出不穷，莫可思议。末演富士山下，悬岩倒壁，人骑劣马，倒翻侧跌，骇目惊心。横须海边，波浪掀天，舟翻人溺。至危奇险之中，一跃而登危岩尖岛之上。瞥眼之间，千变万化。取视其片，如阔辮然，不过抽撤灵便，而穷形尽相，真化工也。闻其所演故事，花样时翻，日新月异鲜有同者，故能使人观之不厌耳。

农事试验场

十七日 晴。同译员至农事试验场。投书刺，事务所一坐，司事员卜藏梅君出陪。询知该场地面，占一万二千馀丈，九州省各有分场。引览一周。本场有玻璃室数间，内列瓷盆数十，架木板于铁轮下，设铁轨以便推转。罗陈各种植物，稻苗占多数，盆上标名。大约植物之病分三种：一由土生，一由虫得，一由空气。病由土生，物则渐枯。同一药品，土性不同，则荣枯亦异，治法用苦土石灰，斟酌下之。然苦土多、石灰少，则苗亦枯。石灰多，亦不宜。土性亦可改良。集资为之，则众擎易举耳。否则越四五年，翻深地土一次，然原质难改也。病由空气，以玻璃罩复之，则仍荣茂。病由虫得，则须察为何项虫，以何药治之。昆虫标本室，有八千头。日本三岛，有百六十种。稻田有鼠类，最害稻，以药杀之，反害人畜。日本有一种药粉，鼠食即死，不伤人畜。若结穗后，天气太寒，宜速摘穗取浆，尚可制粉。迟则并此无之。各植物预防虫患，用生石灰、醁酸铜各十二两，加水五六斗，制成液洒之。又以野菊制成粉。水及东洋药浸一旦夜，用唧筒喷射，以除外虫。他若石油乳可治蚜虫，青酸瓦斯可治麦蚜

植物之病分三种

34,5,18

菜蚜，松脂合剂可治黑蚜赤壁虫，俱列有试验成绩表。然地气之冷暖不一，天时之寒燠不同，必须相地制宜，因时补救，始克著其功效耳。

十八日　晴。偕译员至北豊岛郡泷野川村蚕业讲习所。投书刺，招待员引至讲习所制品室。见有日本小石丸青熟生皮白、龙芒扬新屋各地之茧蛹及所制各丝成绩。蚕茧标本室列有各国之种，日本川青熟赤熟小石丸为上，中国以湖北溧阳新昌诸暨为上，惟韩国之茧最薄。丝之标本，白者为多，中国山东丝作古铜色，满州丝作银黄色，直隶丝作玉黄色。至养蚕室，箔席列架，一室四生，每生育蚁约一钱。上箔后六日收茧，二日吐尽，二日成蛹，二日乃成坚体。至贮桑室，阴寒如地窖。桑有软硬之分，三眠前宜食软叶，皆由表遂数，三四五叶为软叶，以下为硬叶。待三眠后乃与食。至消毒室，防所用之箔筐席纲等器有毒秽，特造一铁室，将用器置内，严扃铁门。门有方孔，障以玻璃，以机蒸气，从孔灌入。热度高则毒气净。制丝所用之水，如含有石灰盐铜铁等质，其色各异。总以新汲水为妙。至中国则以扬子江水为上，苏之盘门外水为次。方值休息暂退。

参观蚕业讲习所

蚕茧标本

十九日　晴。再诣蚕业讲习所。招待员引入。路经旷地，遍植桑秧，标以所产之地。盖所以研究桑之性质，各有不同，以便适从也。入制丝室，适已停工，惟数女生手制丝棉。人各据一木桶，内贮清水，横安木架，以丝入水，浸透、洗净污点，铺贴架上。入选茧室，有大小机，

再诣蚕业讲习所

置木方斗。底有方孔，倾茧于中，使从孔出，入圆铁楞桶之下端出焉。络丝室有机三种，法国所造如桔槔，意国所造者大，日本次之。干茧室，防其湿而变色，须用热机之燥之使干。其器械室、检查室已停工，未及见。出至事务所，询悉日本养蚕分为三次，春蚕饲三十五日，夏蚕饲二十五日，秋蚕饲二十一日。如天热须藏冰于室，以凉水揩地板，桑叶切片比平时大三分之一，如人之体弱者，暖时易受热，凉时易受寒，须曲体而保护之。其病约有五种：一曰微粒子病，身现黑斑；二曰脓病，通身黄肿，口吐黄脓死；三曰软化病，秋夏尤多，三节黄脓，泄矢皮脱，不食，身长数分，现黑点；四曰硬化病，少食叶，成白僵，将死现褐点，或起红胞黑胞；五曰蛆害病，蛆系蝇黑胞如是类，卵着蚕身，即现黑点，日久加大。凡此五病，惟微粒子最易传染，速将此蚕焚弃，以绝根株。其馀急救之法，于换沙时，加石灰细末于糠上，换去病蚕。换沙者，去矢屑与食残叶梗也，用毛帚扫之即净。另有寄生蝇、灯蛾、绿虫，均足为害，亦宜驱除。是所本科生百二十名，三年卒业。另设本科女生四十名，别科女生六十名，二年卒业也矣。

蚕病五种

治蚕病法

二十日　雨。同译员至越中岛商船学校投刺，海军大尉大冢录君招待甚恭。询知校中生徒六百馀名，修学者二百馀名，内有华人七十馀名。学科分机关、航海为二科。机关科教授外国语、国文、理化、力学、数学、电气、制图、工学、罐学、汽机、医术、技业、兵式、体操，五年

商船学校

34,5,20

卒业。航海科教授国文、外国语、理化、算术、商业、航海、医术、运用、技业、兵式、体操，五年半卒业。制造厂毗连三室，分甲乙丙。甲室以铁机燃火发电，乙室放电、收电、蓄电、引电，至丙室运转。制造机厂外滨岸，泊汽船一艘，正在修理。流览一周而退。

二十一日　晴。至麹町区有乐町，东京铁道株式会社。投刺即有文书课长野播雄君出见。询悉本社资本六千万元，原有三会社，车分黄、紫、绿三色，前年合为一。市内线路三所。长年核计，每月用车六百九十四辆，乘客四十一万四千六百四十七人，收车赁一万五千二百四十馀元。其轨道线路，为命令所特许。设总务、营业、工务，为三部。交界线，或通或不通，但有伤人毁物，则依民法违警法分别裁判。无论远近，购券一次五钱，来往二次九钱。如所到之处远，此车不能到，送至中途，加给切符，收回原券，下车坐别车前往。又不能到，又换切符。以送到为止。然于切符上所指之地，刺一小孔以限制之，又于切符反面时计上，换车时刻，亦刺一孔以限制之。易地逾时，均不作用。立法亦极周密。集股虽多，收利倍蓰。岁纳之税，亦复不少。况东京地广道长，动辄十里八里，所费不多，转瞬即至。既免时光之误，又无步履之劳。裕国便民，均有裨益也。 东京铁道株式会社

二十二日　雨。同译员卢士模君，至本乡区汤岛三丁目女子高等师范学校。投书刺，入事务所坐，外国语教员武田锦君，出而周旋。询知是校共四校，附属高等女学

女子高等师范学校

校、小学校、幼稚园。其师范校，分文科、理科、技艺科三科。文科目分伦理、教育、国语、汉文、外国语、历史、地理、音乐、体操；理科目加算术、物理、化学、博物；技艺科目加家事、裁缝、手艺、图画。定例十七岁以上、二十二岁以下，定数三百名。三科均以四年卒业。引至文科一学年参观，正讲英文，生徒七八十人。二学年讲历史，苏兰女王之才美，为古来第一女子。三年学正教音乐，四年学讲伦理。妇人对于丈夫，宜听从夫命。夫有不合理之事，正言规劝，亦须反己无愧无怍云。反复数百言，不甚明晓。次至理科一学年，讲算术。见教师在黑板横画大小相交圆圈，中画一横，上写十字云："二球相交，其交线为圆周。"所言未悉，殆几何算也。至二年学，教外国语。三年学讲博物，书黑板云："炭酸石灰，有时与方解石吴形结晶者，是云霰石。"四学年讲植物之理，宜相地制宜之意。至技艺理学科一学年，教裁衣缝衣，二学年教图画。先在黑板画一人物，令之对本仿画，务求其似。三学年教家事，语喃喃不甚了了。四学年教美国语。内有专修科者，科有五：一家事专修科，定员三十名，三年卒年；二国语体操科，定员三十名，二年卒业；三算术物理化学科，定员二十六名，二年二学期卒业；四地理历史科，定员三十名，三年卒业；五保育实习科，定员八名，四年卒业。二校皆规模阔大，多贵族上等社会女子。卒业后派充各埠教习，不愿者听之。人物秀丽，规矩森严，举止端详，有大家风范。亦间有中国女子，将来回

此处技艺原作理学

学校多贵族上等社会女子

34,5,22

国充教习，不数年女学可望发达。时值休息，订二十四再观，辞出。见一湖北江宁女子，领得证书，亦来参观。告以休息，周旋数语亦返，并无俗羞缩之态。吾国女界亦渐开通也。

二十三日　晴。星期。日本海军，机关如何，职掌如何，管理如何，鲜得主名。其学校远在广岛，未便参观。广西杨君，引至其友海军学生友之君处，作杯酒之谈。询悉海军学生专为将来充海军武职为目的，须十六岁以上、二十岁以下、身体合式者，试以汉文、作文、英语、数学、地理、历史、化学、图画，方为合格。入学之日，即编入兵籍，给资斧被服学费。科分兵学科、普通科。兵学科又分为炮术、运用术、水电术、航海术、机关术，肄业以三年卒业。另有海军机关学校，远在横须贺岛，规则差同。惟须三年四月卒业，内容较严密耳。大抵平居习练，如临大敌，口号一传，顷刻成队。一切兵器机器，每日预备，临时不至俄延。其教法在平日激发生徒爱国之心、同仇之念，方足以保全其身家，显扬名誉，使敌忾之情，一触即起，如是而已。虽未获窥全豹，已足知一斑矣。

海军学校大体情形

二十四日　雨。仍至女子高等师范学校附属高等女学校，担甲组任员小池君接待。询知是校生徒定员三百名，科分修身、国语、外国语、历史、地理、数学、理科、图画、家事、裁缝、音乐、体操，修业年限五年，内分专攻科二部：第一部科目，修身、家事、教育、外国语、数学、理科、体操，外加裁缝、手艺、习字、图画、音乐、

附属高等女校情形

割烹；第二部，加地理、历史。定员百名，三年卒业。引至第一部参观，讲修身在黑板书“以人伦道德为要领”八字，演说“道德”二字，以忠君爱国、孝事父母翁姑，身体而力行之。馀讲算学、外国语。至第二部，讲本邦历史，妇人望东，是女中铮铮铁汉，不亚于男子。讲地理，白金亦同黄金，有细粒存于河底、砂中，其产地，外国为乌拉、加利福尼亚、巴西，本国北海道。夕张川上流，亦稍产之。言讫，指所挂地图示之，看毕稍休息。旋有附属小学校生徒暨佐方君出见，周旋后，询悉是校统男女而教之，分作三部：第一部，定二百四十名，寻常科目修身、国语、算术、体操、图画、唱歌、裁缝，高等科目加历史、地理二科；第二部定三百二十名，寻常高等科目均同；第三部，定六十名，科目与寻常同。一部二年卒业，二、三部三年卒业。引至一部参观，或讲算术，或讲国语，均一望而过。末至三学年，正讲日本历史，万延元年，井伊直弼挟幼主，锢忠臣，杀义士，国人切齿。水户臣佐野光明十七人，雨衣奴装，邀杀直弼于道，提头自首事。演说详明，小儿闻之，皆拍手欣喜。至第二部一学年，教唱歌。虽不通晓，然悠扬之中，杂以雄壮之气，亦堪悦耳。至第三部一学年，教算术加减乘除；二学年，讲普通国语；三学年，讲裁缝运针法；四学年，教普通体操。事务所休息片时。幼稚园生徒监下井君相陪，询悉是园定额百二十名，保育皆妇人，课目：游戏、唱歌、谈话、手技。引至园一观，大约教法随其性之所近，导之练

附属小学统男女而教之

34,5,24

习，不拘拘于规矩时刻。此校分为四校，各有运动场、浴室、标本室，陈列成绩颇多。统计职员教习约百员，敷地九千五百九十一坪，书库寄宿舍不与焉。

小学附属幼稚园

二十五日　雨。同译员程铎君，至富士见六丁目寻常小学校附属幼稚园。投书刺，事务员周旋数语，即引至讲室。见生徒四五十人，皆十岁上下，均肃坐静听。教师在黑板书云："盐有山盐、海盐二种之分。"旋讲云："吾人之生活上，一日不可缺者也。由海水中所制者曰海盐，介在山中之岩间者，曰山盐。制海盐时，先导海水于盐田，蒸发使盐附于砂中，再将砂入釜中，与海水共煮，则盐溶于水。煮干此水，则可得盐也。"言毕，生徒起立，致敬退班。正放午学，教师随至门外，又致恭，循循而出。又两班出，亦然，皆穿花衣、灰色裙，一色无二。东边有女教师二员，亦随送女子约八十人，皆上穿花衣，下着紫裙，无杂色。分两班致敬，鱼贯而出。

二十六日　晴。仍同译员至寻常小学校参观。此校定为四年卒业，无富贵贫贱，男女皆月交洋三角，每年递加。图画铅笔石板均备。凡民间儿女，已及学年，犹不入学，则罚其父母之金，谓之强迫教育。科分六门：一修身，讲古人嘉言懿行、有关忠孝勤俭信义者，期于实践；二国语，教普通言语，日须文法，内分读书、谈言、习字、作文，而读书内又略讲历史、地理、博物等类；三算术，从心算入门，及笔算、珠算，并重各法；四体操，先游戏体操，次普通，后兵式，预备出征也；五图画，先自

强迫教育

寻常小学课程六门

由画，次简当用器画；六音乐，内有歌曲，教师多比喻中国，以激发其忠君爱国之思想，使之先入脑筋中，将来一触即发，不可遏耳。六门之外，随时教作手工，以为营业之本，然必在三年之后。至十一岁，入高等小学校，二三四年卒业，加历史、地理、英语、理科；再入中学校，五年卒业，加汉文、化学、法制、经济四科；始入专门大学，分法、理、文、农、医、工六科。选派五百人，每年往欧美游学，回国即充各专科教长。自小学以至成材，不过如是，所难者实行耳。

幼稚园仿德国教法

二十七日 晴。仍至寻常小学附属幼稚园，由事务员引往参观。男女孩自三四岁以上，至六七岁止，教师皆女子，仿德国教育之法。制造玩具二十一种，谓之恩物，使他日不忘父母教育之恩之意也。凡草木鸟兽人物图画，各样模型，小琴小鼓，三角等件。三角者，以斫成三角形模，诱使堆砌房屋楼台、桥梁高山、宝塔车船，以及用器等形像，累累然必求其酷肖。此戏最易启人思想、发人心志。其馀各物，使之玩弄一物，即写是物字迹与之认识。或指一物，亦写一字，先令认明，再教磨墨运笔，学写此物之字。所教不在多，所知日渐广，不躐等，无旷日，自能日新月盛。即游憩之处，无非教诲。又于地板上画二大圆圈，内外相距二尺馀，引小儿女沿圈联贯而行，足无停止，渐行渐快，以运动其身体，以活泼其心机，以整齐其步武，可为后来练兵之初基。自幼既已习惯，及长乃自然。初一年中，只引之玩物游戏，二年始教习字言谈，三

34,5,27

年渐教以孝顺父母、恭敬长上及一切周旋应对进退之节。教师如保母，调理身体，开通知识，不厌细烦，能耐心性。园中八十人，每人月纳洋三角，二三年递加。三年后送入寻常小学校。前至女子幼稚园未及详观，兹特早来，俾得稍加咨询。缘言语不通，不能直接交谈。每问一事，反复传译，稍不经心，则错误与遗漏，俱在所不免也。

五月二十八日　雨。同译员程铎君，至日比谷东京府立第一中学校。投书刺，事务员和田隆君陪坐。询知是校，由东京府创于明治三十五年四月，科学分十二科，授业分五班，大致相同。教员三十七员，生徒八百十三人。岁须日洋三万元。各教师所讲不具述，惟教四学年博物科，教师于黑板书“砂金采取法”，注云：“五金中以金为重。取砂金时，以席或木所编之樋，沉于河底，流含砂金时，金先沉，必止于席，或樋之格子面上。拣选而出之，即赤金也。”五学年试验室，生徒坐位，前至后层层增高。教师桌上，有煤气皮管二条。转机出火，以空心笔粗玻璃，长尺如管许，置火头上。一分钟时，玻璃由红而软，一端垂下。用手持两端，随手曲折。又有中空方木一方，上竖方钢条二根，中离四寸许，用木槌击一钢条，隆隆作响，而彼未击者亦作声，谓是馀波能鼓动之故。又试空气玻璃二枚，如酒漏然，其管一空一实，交合大口。而用口对空管吸出空气，其交合处即粘紧。以两手力揭不得开，空气外逼之故也。尚有无线电器、照见骨脏机镜等物。旋至博物标本室，陈列动物植物矿物。各国土产，江

东京府立第一中学

五学年试验室试验

海山川所产之宝物具备。云母石形圆而薄，如玻璃；钟乳长五尺许，如蔗，白色而重。院内操场极大，屋内操场亦相埒，防备雨天体操之所。需用器械，即储于场旁室内。医院、厨房，教员多西人，宿处讲室皆在楼上。并食堂生徒住处，皆有绿纱帐，规模均宏大。教员休息所书八大字云："载色载笑，匪怒伊教。"使教员抬头即见，触目惊心，能勿心平气和耶。

私立女子美术学校

二十九日　晴。同译员周象垣君至本乡区弓丁目一番地私立女子美术学校，事务员熹忠君出陪。询知是校分二科，普通三年卒业，高等二年卒业。科目八门，分日本画、西洋画、雕塑莳绘、刺绣、编物、造花、裁缝、料理（即割烹也）。高等则加普通撰科、高等撰科二门。盖普通内细目十有三，寓有学科，实技、修身、家事、算术、历史、音乐等科。高等内寓有解剖、伦理、教育等科也。谈讫，引观。教画者先画一花于板，令生徒对本仿之。雕塑极工，其肖各国人物，须眉飞舞，衣褶俨然。刺绣虽不如北京苏杭之细致，然皆有生气。他与各校无异。成绩场陈列之物，各尽其妙，所造花朵如生。各科分五十条，料理十二条，寄宿舍规则十六条，不及详。校务一员，顾问三员，职司八员，教师三十四员，生徒六百五十员。

三十日　星期　晴。再往使馆，续请绍介书。回时已下午矣。饭后至鹤卷町电灯起发处一视。三层高楼，白日灯光如昼，机器冲突声不止。司事云，此中危险，不可久观。出至稻田外一视，见山下大道一条，留学生常在此练

34,6,1

习脚踏车，如列子御风，其快如飞，比日人尤便捷，心灵手敏，不让日人捷足先登也。

六月初一日　雨。同译员周显、汪兆鼎君至富士见町五丁目晓星中学校事务所。壁悬横屏古画，四武将跨马狂奔，颠倒欲坠，眉飞色舞大有生气，款题“丹陵画史管原竧画”八字，写生高手也。少刻一教员出陪云，招待员公出，暂代接待。引看附属之小学校。一学年至六学年分间隔坐，不相混，不躐等。学科略同。各讲室流览一过。至理学标本室，内储禽兽鳞介草木，不常见者不多。长尾雄鸡，尾长三尺馀，鼠大于猫，蝠大于鸦，白鼠如兔，五金矿物数十种，全身人骨一具。凡以广小学生之见闻也。过一院即中学堂，资格亦分六等，科目多化学。其试验所不甚广，教师前设试验长桌，平嵌瓷板，防药水着火之危险耳。学生试验桌，亦步步升高。另室储药水无数。医堂病院具备。此校为小栗参氏所创办。规模虽不甚大，然所延请教习均西人，俸金不菲，教法亦良。故生徒皆源源而来也。阅毕而返。

晓星中学

所请教习均西人

初二日　晴。同译员汪汝弼君坐小车行十馀里，至王子区制纸厂。投刺，至接待室，久坐。一司事出见周旋数语，引至各工厂一视。机器极多，莫得主名。制造之法，远胜中国。咨询之下，只答一二语，不甚了了，似觉厌烦。据云是日中国来观者三人矣，乃恍然于其懒于酬应者此也。然造纸之原料，纸用稻草，不似江西须用大竹，而白洁细嫩，反有过之无不及。料本既少，价值愈高，销路

制纸厂司事似厌烦

反畅。故工作之多，至二千馀人，已足见其发达之盛。此地极远，来回之间，已阅七时。其内容尚茫然莫悉，辜负此行矣。

工手学校

初三日　上午大雨，午后稍止。同译员至京桥南小田原町工手学校参观。司事员出见。询知是校定为二年半卒业，分五学期。前二期专修预科，后三期专修本科。科分土木、器械、电工、建筑、造船、采矿、冶金、化学八科，仍习日语、英语、算术、图画、尺牍等事。言讫引之参观。至机械室，教师书于黑板云："机械有二种，一制铁之机，用铁如泥；锯木之机，可抵百人之用。"书讫，喃喃数十言，大抵推演其说。至采矿室，见板上有黄铜矿制炼方法，先热灼黄铜矿，使一部酸化，后加石灰等熔之使融，遂得铜。然其中亦含极小量之金银，制炼可以得之。其生徒日人居多，中国不过十馀人而已，问之皆广东苏宁人。果能精究专门，回国后转相指授，亦营业中之大经济也。可为中国振兴实业之望焉。

东京高等师范学校

初四日　雨。就近至二里馀之小石川区大塚洼町东京高等师范学校投书刺，教长嘉纳治君，派员引领参观。化学室教师正讲制磷火之法，用动物骨骼，以文武火煅炼，至未成灰时制之。有黄绿二种，理极精微。言讫，即用机管上之火，试验与诸生共视。生徒小桌上亦各有火管，仿照教师法试验一过。此系教专门四学年生徒。若普通者，则无此精详也。是校以养成师范学校、中学校及女子学校之学校长之资格，并教师研究普通之方法为目的，订为预

34,6,5

科一年、本科三年、研究科一年卒业。其科学大致相同。惟本科心理、天文、气象、矿务、地质等科，程度最高耳。

初五日　雨。早至东京市本乡区元富士町帝国大学。

日本之民不能自由

初六日　大雨。不能出门。同寓友谈日本之民，人人在专制之下，一事不能自由。旅馆住客来去固应报明，即民家亲友往还，警部亦必干涉。凡手艺工人，日进无多，均须抽税十分之一。不如中国百姓，均可自由，无稍干涉也。

外国人笑中国洋烟裹足二事极多

初七日　阴雨。休息之日。同乡留学诸君来坐谈，言外国人笑中国洋烟裹足二事者极多，见之论说者亦不少。美国魏礼森著有支那一书，于男子蓄长指甲、吸鸦片烟、女子小足，极痛骂之。日本中学校，东文地理教科书，将中国缠足洋烟二事，绘成图说，嗤为败种。惜中国士民未之见也。

盲哑学校

初八日　阴。偕译员王理基君至小石川东京盲哑学校参观。本校专使盲哑人有自立之业，分寻常技艺二科。哑生寻常科目：习字、作文、算术、笔谈、体操、图画、雕刻、木工、裁缝；盲生科目：国语、算术、讲谈、体操、音乐、针治、按摩。或三年，或五年卒业。教盲生地图之法，用模范。凡山脉、都邑作凸形，使可摸索而得。教哑生发音之法，编五十音为各种记号，用手习熟，以代语言，谓之手音，以镜对照，使自练习。粘纸于额，令时时向上吹之，久则成音。卒业后各营生业，不为穷而无告之民。真国无弃材也。

经纬学校有中国学生百馀人

初九日　阴。译员王善基君，同至神田锦町经纬学校。岸本启雄君，令司事引观。此学校本为中国人教授日语及普通而设，定为三年卒业。中国生百馀人分三四班，以甲乙丙丁戊字核优劣，甲字为上，戊字为下。如丙字以上为升级考验，每学期终由教习报明年限已满历考及第，给与文凭。

初十日　晴。仍至经纬学校观一学年课，修身、日语、舆地、历史、算术、理科、体操，二学年加几何、代数、理化、图画，三年第一学加三角术、世界大势、动物、英语，第二学加植物。另立有同文院。卒业者，愿入此院者，三年卒业。课程加日本文译，博物较深一步矣。

十一日　晴　偕译员汪汝梅孝廉，往神田锦町中央大学。设有本科、专门及预科三科。职员铃木君相陪。至大讲堂一视，乃大学部法科，生徒百馀人，中国生不过十馀人。次至二层楼乙教室，专门部经济科，五十馀人为一班，中国生占大半。讲师乃法学博士天野为之君，讲外国贸易之机关。考日之所谓“经济”者，本于西洋，直译之则为“政治节用学”，中国译为“平准”，侯官严复译为“计学”，校日之译为“经济”者，不尤雅驯乎。后至丙教室，乃专门法律科，生徒五六十人，同乡江西生七八人。讲师田中穗积氏，讲财政岁出之费若干，岁入之费若干。骤观之，觉所谓“财政”者，与前之所谓“经济”者何异？不知“经济”者指生财之道而言，“财政”者，

日之所谓“经济”者，本于西洋

“财政”与“经济”的区别

34,6,12

指理财之方而言。质而言之，财政实经济中之一部分也。我国往往混同用之，特志于此以区别之。出至汪君处坐谈。校中课目规则甚详。盖汪君即此校法科专门也。

十二日　阴雨。各学校择尤参观，大概如是。亦陆续放暑假矣。至永田町公使馆，请发政界绍介书，以便参观。

十三日　阴晴。偕同乡程铎、周象垣、汪兆鼎诸君，步行流览。恰遇送葬者，肃静无鼓乐，前道排各色纸花十数对，四人抬淡黄色亭子，嵌玻璃，挂流苏，亭内木盆贮骨灰。后随孝家亲人，头戴粗草编成圆帽，或如锅盖，或如纬帽。不挂孝，无戚容。后有亲友数十人，皆便衣步行。间有坐小车者，皆送殡之人也。闻虽皇族贵介仕宦亦都如是，不过多排纸花、警部一队耳。东渡以来，从未见一丧家及婚嫁者。询知日俗人殁后，不高声啼哭，流泪而已。即报警部，抬出焚化。以骨灰埋于寺院，或屋旁隙地，竖一四方石碑。亦闻有富贵家，备棺殓葬者，不多觏也。通国未见卖棺者，须自制也。民间嫁娶，男三十内，女二十五内，均由父母主持，不得自由。过此以后，则男女皆可自行择配。然男不计身家，女不计妆奁，均须学问有程度耳。至下等会社，则亦无所不至，极简便。只新衣坐小车，便到夫家。拜见翁姑，不道喜，无酒席，删除一切周旋靡费。亦节用之一法也。

遇送葬者

民间嫁娶

十四日　晴。星期。天初热。到使馆领政界绍介书，特别书写，署名，不同学界印板书也。

十五日　雨。阴。午后同译员至高田村个登三十五番地、司法大臣子爵冈部长职爵下府第拜谒。递书刺，进见。平易冲和，现告假未赴司法省已数日。电话报告司事，明日可往省一探，自彼处酌期参观可也。退出。傍晚回寓，及门即大雨倾盆矣。

十六日　晴。极燥。同译员政治法律科曾有澜君，至樱田门外、司法省投书刺。引入办事处，晤司法大臣秘书官男爵正亲町季重、书记官柏原与次郎二君。款接之下，言已奉到司法大臣电话，约明日巳刻再来参观。辞出，坐小车赶至锻野桥八洲町警视厅总监安乐兼道君署中。投书刺，始知是日安乐君已交卸，新任井英三郎接见。言替换之时，忙于清理，稍停一二日，再请来此参观可也。

十七日　阴晴，下午雨。辰初同译员曾君至司法省接待所坐一刻，引至秘书男爵正亲君、书记柏原君处，即命人引至地方裁判长铃木喜三郎处叙坐。此君为译员之师。请问裁判之制，即出一表指示而详告之云：区裁判所一人判事，地方裁判所三人判事，控诉院五人判事，大审院七人判事，凡四等。分三审级，而事则有二：钱财干犯谓之"民事"，命盗大事谓之"刑事"。区裁判则以一人而兼判民刑二事之轻者，自区裁判以上，则分民刑二事而裁判之。若地方裁判所，有第一审第二审之别。由地方裁判所起诉者，判民刑之不属区裁判所之权限者，此为第一审。若区裁判之初判，不足以服人而诉之者，此为第二审。至控诉院判地方裁判所之事，亦为第二审。若地方裁判所与

裁判之制

34,6,17

控诉院均不足以服人，则大审院为最高之裁判。所谓第三审，即判事之终焉。凡通国之区裁判所，有三百一十所。所中判事一人，兼判民刑二事。通国地方裁判所有四十九所。所有长，位在区裁判之上，有第二审之裁判权。民事刑事分数部，部有长，每部以三人组织而成。通国控诉院有七所，乃由地方裁判所而上控之地。民刑亦分数部，部各有长，每部以五人组织而成，部长一，判事四。判事必五人同议始决。全国大审院惟一所，位在控诉院之上，判事时以七人组织而成，部长一，判事检事共有六。每判事必七人同议，而共决之，故为终审之地。非有极冤抑事，不得上控至此。是为独一无二之最高裁判所。乃得达法律归一之目的也。谈至此，已午正退出小酌，未刻复入。其表式如后。

全国大审院惟一所

四级裁判表

七人判事	五人判事	三人判事	独判事
大审院	控诉院	地方裁判所	区裁判所

三郎又云："区裁判虽定以一人判事，谓之单独裁判所，然有事繁之区，间亦设判事二人或二人以上。判轻微之事，须由司法大臣，分配的当，其所司事务，使之各有专责焉。其地方裁判所、控诉院、大审院，固定以三人、五人、七人，各设判事长已。然判事长不得独揽其权，须与陪席检事同议。以多数意见相同，始为合议、判断。大凡裁判所之权限，有独立不移之资格。动必合乎法律，此外均不得而动摇。固不能以一己之私见好恶喜怒，妄为出

判事长不得独揽其权尤不能曲从政权

入，尤不得曲从政府之权力，稍有干涉。勋贵达官、土豪，亦不徇情纳贿，惟遵律自行其事而已。即上控亦无所压制也。”言讫，时已申刻。反复传译，不觉其久。以天雨告退，约明日再行参观。

十八日　大雨。午正同曾君仍至司法省。正亲君派英语通译书记犵尾为倍君相陪，引至各处参观。是处三层高楼，地极宽敞，历梯百馀级，始至顶上一层。梯宽二丈馀，四通八达，五花八门。上下甬道，长百十丈，宽亦二丈。前有预审廷，编记号数。一案原被告坐一廷。先审一号，以次递传。无差役，有警一二人看守，而拘传入出之。其传递公事，皆用十数岁之孩童充之。先引至控诉院。判长之后，列椅四张，令坐于此。见中坐裁判长柳川藤二郎，旁坐检事小畴君，皆大学堂法律教习，并曾君之讲师也。馀皆陪审书记计共五人。公案之下，正中即诉人所立之处。两边有桌凳，为律师坐处，即辩护士也。离丈许，平列长凳四五条，为两造亲友，并百姓视听之坐位也。旁列直凳，为警长坐处。正值裁判民事细故，下立一店伙，年三十许，系被告主控婪私事。裁判长絮问平日所事、进店日期及店中几人、日作何事，一切琐碎细故，再渐渐问及起事原因。对答两小时之久。律师二人，更相起立，代为辨白，数十百言，始退。又传店主人，年四十许，如前絮问。律师亦代为辨剖。久之，检事起立，手执律本，照律剖说一遍。彼此合议，久而定断。两造唯唯听命，律师亦无争论。看者无声息，而堂下无刑具。公案无

34,6,19

惊堂，问官无疾言、无厉色。堂上下肃静无哗，信乎其为文明也。判讫均休息，退出。约明日再行参观。 信乎其为文明也

十九日 晴。极热。邀译员曾君，赶至司法省。扢尾君陪至大审院。此地比控诉院四倍之大，仍坐裁判官后参观。裁判长须贺喜三郎，亦大学堂法律教师，曾君讲师。两边坐陪审检事书记共七人。正提出一六十馀老妇，立于公案前。判长从头絮问琐事，逐渐问至犯事之由。始知是放火焚烧仇家房屋之事。妇极狡展，驳结良久。律师二人，交相起立，代为辨之，大约言老年体弱一人何能放火，显系仇家中伤。滔滔不竭，历一小时之久。大意欲减轻其罪耳。及判取出侦探探出凭证数事，逐件与观，始皆默无一言。盖其未审之先，早将此事查清，凭证的确，始行提审故也。比经检事据律合议定罪，监禁十二年。告知犯妇律师，律师又代求请减轻年限，现已六十有馀，再加十二年，必至瘦死狱中，永无出狱之日矣。检事晓之云，若在年轻之人，尚可云年轻无知，稍从末减；既已年逾六旬，应知法律，反敢大胆放火，尤宜加罪；定禁十二年，犹嫌罪轻也。不准所请。始皆无言退下。问官亦退堂。警部将妇带下，头戴粗草织成、上尖下大草帽一顶，遮其面目，不使人见。殆养其廉耻之心，抑著其罪犯之大，均未可知也。退出午飧。未正复请扢尾君，引至原处坐下。见公案下西偏，有长方栅子，高三尺许，内坐三人。门口坐警部一人。询属盗犯重大之事。判事七人。判长唤名询问，犯人起立，对答数十言。律师代辨一遍。检事手执律

大审院

老妇烧仇家房屋事

犯人头戴草帽遮面

书辨论皆下堂，偕律师至堂后合议室。议二三刻，复入坐定断。又问一人如前，逐一问过，均定罪讫。盖皆确有证据、自无遁询，故自始至终，不动声色。三犯唯唯听断，无一抱屈，无一呼冤，并无一有愤恨不平之色，帖耳而服。不似中国，未经教育之人，盖于狡辨，罪犯彰明，一味呼屈，亦有势不能不用刑者。

日本刑律只四大纲

日本刑律，只四大纲：一生命刑，即问绞；二财产刑，即没产罚赎；三名誉刑，即夺爵，不准干预地方一切公事；四自由刑，即监禁。并无斩决枷杖鞭笞夹枷等身体刑法。故外人谓中国，以野蛮为裁判，而中国遂无治外之法权。而不知中国实有难以一例而论者也。巢鸭、东京两监狱，俟约定日期报告。

大审院图

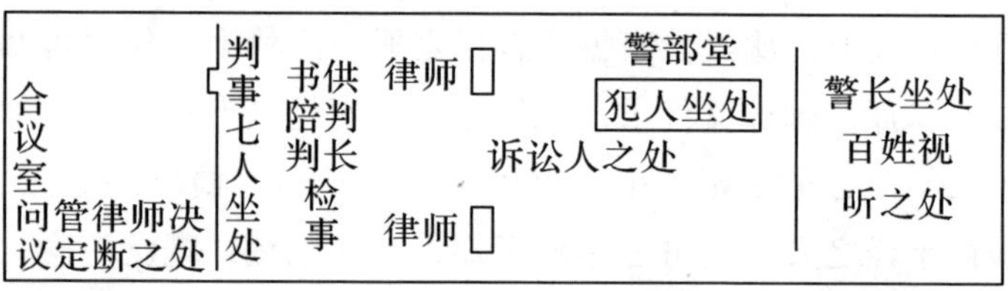

警视总厅

二十日　上午小雨，下午阴。同译员至麹町警视总厅，谒见总监井英三郎，派刑事课勤务新田君引领参观。厅内四大进，楼上下均司事室。厅后偏东为总监住所，此地总理各区町警务消防。东京府下，内务大臣，其权限所及，机密文书、非常电信、外国公使人员、领事外人、国库出纳、金钱决计、舟车人马、职工营缮、修筑、刑事赃物、保安地方、公娼私赌、交通道路、车舶营业、公园卫生、医药饮食、腐败墓地、火葬庶务、调查工艺机厂、巡

34,6,20

查街道、练习召募。此其大略。其他细目，不可枚举。上为国家应行之事，下及小民户口人数，日用起居，一切细故，皆在权限之内。署内总监一员，警视二十五员，技师六员，医长一员，合计三十三员。警部百五十九名，技手三十馀人，医六人，通译一员，国库度支百十五人，书记二百五十二员。其他人数尚多。统各区町言之也。至于警察署、消防所二处，三郎许代电告后，早已初相待勿爽约也。

二十一日　大风雨。星期。同寓生谈东乡平战俄回国，父老欢迎，东乡赠诗云："雄师百万征强虏，一战功成尸作山。愧我无颜见父老，凯歌今日几人还。"古名将不是过也。 东乡平八郎赠父老诗

二十二日　雨。晴。卯刻即邀译员赶至芝区，尚是辰末。投书刺，即请至楼上第二消防勤务长市村左源太郎室内。稍坐，待茶烟讫，即亲领参观。署长居楼，室内有电话筒，有响铃。房门口植一铁杆，通楼下储电气唧筒处。唧筒室左右为马槽，两厢住机手九人、调马手二人、组员十人。楼上四小室，储水管百十条，条值四五十元。后院有瞭台，高如宝塔。台顶一人司瞭望，日夜轮值，此上彼下，刻不离人。以高视下，全京在目。上有电话管，通于署长室内。台后有三室，储人力唧筒三架，即手按水龙也。据云瞭台望见何处火警，先打电话入署长室。而失火处警兵，亦先后有电话报告。湘请试演一观，市村君即按响铃，楼下机手马手组员，闻铃即披衣套马驾车，市村君 观消防所 试演火警

飞身出房，缘铁杆下楼，不及步步下梯也。顷刻出门，不到十分钟耳。如火势大，则人力唧筒亦随后御出。试演一过，真快捷无比，尚何患火之蔓延莫扑耶！向闻《日本政记》消防所附纪水道，今译其命名之意，似系疏消水道、提防火警之意。问之市村君，茫然如对。伏查东京，古称江户，人烟稀少。天正年间，筑城造郭，日千徙居于此。德川开幕于此，缺少佳泉，乃疏通赤坂神田二水。厥后人口日增，水逾不足。递疏三鹰村、井头池，更凿玉川千川三田青山之水，而甘泉不竭。或日久沙积，雨久水溢，又须陶汰尽净，引导下流，以疏消之，以供民用，而奠民居。此“消防”二字所由来也。

消防二字之由来

二十三日　阴。夜雨。同译员至芝区警察署投刺，勤务长菊池久明君引至署长上下嘉太郎处相陪一览。会计室切近署长室，以便调查。休息处警士卧室，禁犯处四栅，或十日二十日不等，皆轻罪，均洁净。至练习所投刺，教习官田渊君，陪至讲堂一观。生徒七八十人，正教授国际法、警法、刑法等事。听一小时之久。出见庶务系长山下谦吉君，陪至操场，特令操练一观。兵皆西装，白帽白衣，佩刀，与内地略同，惟稍整齐耳。相将入室坐谈，详询其目的。大抵防止危害为先，如盗贼奸宄风火大灾之事，限制自由。凡徘徊道路、浮浪子弟、无业游民、言论狂暴、行为不端，皆在例应干涉之内。次则讲求卫生。一切臭恶之食物，不许售卖。通国警部官士，计二万二千百九十九员名，必由学堂三年卒业者充之。振精神，主名

芝区警察署

誉。虽对于罪人，亦无疾言暴行。行人失物，必得而还之，不敢隐匿。故能使地方无扰，行旅胥安也。茶后田渊君出素箑求纪念。仿马湘兰德，为画墨兰数笔。再三致谢。日人之爱字画如此。

二十四日　早大雨。巳初同译员至神田区役所，投书刺，司事小田氏陪坐片时，引见书记官庶务长羽乌庆太郎，相陪参观。各司事住室、休息室数十处。后至一大厅事，列座五六十，每座一人，各司一事、或二三事，皆笔无停晷，觉极忙碌。询悉所管总纲七事：一庶务，细目二十八条，凡财产学校、海外旅客、公园社寺、会社、农工商业、生亡迁移、土木道路、机密文书等事；二户籍，细目九条，凡户口调查、埋葬寄留等事；三兵事，细目六条，凡海陆军民兵乡兵、恩给等事；四卫生，细目十三条，凡传染医病、火葬墓地、沟渠、解剖死体等事；五税务，细目七条，凡土地营业、征发诸税；六会计，细目七条，凡税金、军人收支、购物等事；七水道，细目四条，凡给水材料、保护等件。所内用人百二十馀名，总长俸千四百元，书记每员二百馀元，岁需费万五千元。皆出于民间，国家无与也。 参观神田区役所

二十五日　早大雨，巳刻稍止。同译员至神田警视所投书刺，晤署长野田耕夫君。年五十，极谦和。令庶务山奇清助氏，引至各辨事处一视。大约皆地面之事。凡市卖食物、有妨卫生者斥之。中国游历官、留学生到东，均在保护之内。署中执事二十馀人，署长仅调查会计，课其勤 参观神田警视所

惰以黜陟之，而事无不集、人无不谨矣。所管神田一区热闹市面之务。设有监禁违犯处四栅，左二栅监轻罪，拘禁一二十日者，内尚光亮；右二栅稍暗，则拘禁稍重罪人。有一妇人一幼孩闻皆不服管束之人。观讫，仍坐待茶。出纸索书，为画兰幅。约来日过从。辞出，坐电车。见有桐城马女士，人极清秀，服饰华美。问之年二十岁，手持书本，系赴高等女学校。同来一姊，年二十三，与之同学。一兄在工场学堂，一家三兄妹，皆留学，风气开通之渐也。

桐城女士

二十六日　晴，燥热。下午同友人至马场下一带觅凉，森林阴翳。至幡神社，缘石梯数十级，最高处有庙。地高而敞。清风徐来。再行半里许，旷地一片，青草芊绵，斜阳为高树遮蔽。游人极多。足踏软尘，如践线毯，极好消夏之处。

幡神社

二十七日　晴，极热。下午偕友步行游瞩，见有母詈其子，而子出恶声者，警部即入而干涉其子。又见夫从外归，其妻跪接，夫打骂亦不高声者。因忆中国俗传日人父子平等、夫妇平权，皆许自由。窃尝疑之，今乃知以告者过也。盖其国立法极严。父母于子，有教诫之责任；子于父母，有服从之义务。日用起居，一切顺从亲命，不能擅作职业，擅用烟酒，非休息日不准荒课。妇人以夫为主，听从夫命，不得自由。夫亦不得妄为。妇犯奸，男通他妇，均许诘告。其所谓自由者，自由于法律之中，不得自由于法律之外也。

自由于法律之中不得自由于法律之外

34,6,28

二十八日　晴。极热。休息日。阅报章，见前日早稻田大学后旅馆中有一下女，十六有姿首，一奸夫诱与远飏，若无川资。女窃客宝石约指、金表，与遁。被馆主拘留。是夜放火图脱，即救灭。送警部。如此等事，层见迭出。日俗虽佳，此等人究不能免。其所谓道不拾遗者，有警部处不敢拾耳。

二十九日　晴。极热。至樱田门外司法省谒男爵正亲君，催请参观监狱券。以天热俟定期报告。留坐待茶，代写小条屏二纸，辞出。

七月初一日　晴。极热。程铎君介绍，至东京市富士见町法政大学投刺。接见，引至讲堂。下列生徒五六十人，教师正讲凶徒聚众之罪，云："凡有凶徒啸聚多人，虽受官吏谕说，仍不讲散者，其首犯及教唆者，处三月以上三年以下之重禁锢；附和随行者，罚金二元以上五元以下。如以多人喧闹官厅，强迫官吏，扰害村市，其首犯及教唆者，处重惩役；助势者处轻惩役。"至二级讲堂，生徒年稍幼。教师正讲子孙对于祖父母父母之罪云："子孙犯欧创尊长之罪及胁迫遗弃诽谤者，照凡人之刑加二等；子孙不供尊长衣食、缺少必要之奉养者，处十五日以上、六十日以下之重禁锢；致死者处死刑。"听讫，出坐。询知是校，特为中国设有法政速成科，年限一年以上、二年以内，三年为止，兼习英法德罗马之法律焉。 法政大学

特为中国设法政速成科

初二日　阴。晴。就近邀程铎君，约早稻田大学藤田君出校游憩，细问维新教育。据云，数百年前，或聘中国

维新教育 教员，或派生徒往朝鲜，以传文化。德川时代，有寺僧子屋氏，始传初等教育。绵绵延延，以至明治初年，制度未全。四年始设文部省，专司学务，五年分全国为八大学区，区分中小学校，延英国苏恪士为教习。六年设师范六所，六个月卒业，分往各府县充教习。七年始派人往美国习师范，设女子师范。八年饬府县设师范，所费不足，国家助之。是年通国小学，竟开至万二千五百九十七所，教员二万七千百七人。三四年中，进步之速，实未曾有。中国欲发愤为雄，则强迫教育，不容缓也。

明治之后 初三日　晴，极热。同馆生及馆主人集谈。日本自古为一家天下，人民均在压制之下。遇好官则蒙其福，不幸而逢酷吏，则横被苛虐。明治后分东京、大坂、京都为三府一厅、四十三县，分地段方六丈为一间，六十间为一町，三十六町为一里。市分区町丁目番地，乡分郡町村，均有自治之责，别于国家行政言之。则凡公益之事，皆可随时考究，发达利权，长官无所行其压制。夫官长如父兄，无不爱其子、友其弟。然使一饮一食，必须父兄扶持，则子弟何时可自立。此所以急于自治也。

坐谈风俗 初四日　晴。极热。早同寅宋功迪君、浙江吴锡纯君来，坐谈东京风俗。午后去。公使馆随员王盛春君请至风月楼西洋馆，酌酒谈心。夜坐小车而返。

初五日　晴。热。程铎君在法政科三年，谈神田法政大学，教法极佳。是日辰正，坐电车至校，职员引观此校。中国官绅子弟居多。第二教室，一学年生六七十人，

34,7,5

讲师为法学士铃木英太郎，讲民法中之物权云："地上权与永小作权，虽皆为借地上物权，而永小作权，以耕作为目的，地上权则必以兴工植木为目的，此其区别也。"书于黑板，诸生抄之。至第六教室。此班约五十人，教师为法学博士中村进午君。讲国际公法，即十年前所谓"万国公法"也。按公法者，国与国交际之法也。若云万国公法，不几为万国共用之法乎？故日本人取立子交际何心之义，译名为"国际公法"，似得其当也。校中十馀班，以次览之。校长乃法学博士梅谦次郎。近年附设法政速成科专教官绅子弟，今五月卒业生二百馀人，均以进士咨送。闻中国已聘梅谦君编民法，固其专家日本法学士中之巨擘也。阅毕而退。 法政大学

初六日　晴。极热。星期。同乡诸君，约是日往游日光岛，以天热不果行。集谈西洋君主各国，纷纷立宪，我国亦在预备，自是急务。然必须借统一权力定宪法之基，而后无弊。日本非二十二年前经营缔造，不克有今日。中国非立宪无以自存，然非以权力振作之，人民之程度，未足以达于立宪之地。必须远希德意志，近法日本，不能达其目的也。 集谈立宪

初七日　晴。极热。赴司法省谒见冈部长职子爵，请发东京、巢鸭两监狱证书。即拍电话订定于初十、十一两日前往参观。即将参观证书领出。

初八日　晴。热，巳初，同王盛春、程铎二君，步行往神田访宋君，不遇。中途见有乘马车而过者，魁梧奇

伟，年约五十许，有须眉气，一望而知其为非常人。二君云，此新任内阁太郎也。明治三十四年曾充内阁四年。今因首相西园寺辞职，复入阁，以总理大臣兼大藏大臣。湘曰：桂太郎历史亦略识之。甲午之役，曾为台湾总督者也。姑不具论。倘论其勋，则侯爵也，论其位则内阁也。而其出也，一马车、二仆夫，何其简也！我国衮衮诸公，虽亦不尚虚文，然以一州县出衙，旗锣牌伞，仆从如云。亲民之官，张皇如是。腐败积习，相沿已久，而不能改。湘每思勉除此等习气，非不得已事，不必多带从人。盖年虽老大，精神尚矍铄，将欲时往民间，访问利弊，使小民无不达之苦衷。此固州县应尽之义务，亦地方自治之基础也。观日本司法警长，与民交接，蔼然可亲，心焉慕之。管子有言："堂上远于百里，堂下远于千里。"痛哉壅闭之为害，未有甚于今日之州县也！

桂太郎出行何其简

初九日　晴。同程铎君诣公使馆访王盛春君，以天热不果，半途而旋。独行至书肆，购《太阳报》一本。其中论桂太郎此次入阁及西园辞职事甚详。今摘其内阁更替表于下：

日本内阁更替表

明治十八年十二月二十二日伊藤入阁，在任二年四月；二十一年四月三十黑田入阁，在任一年六月；二十一年十二月山县入阁，在任一年五月；二十四年五月六日松方入阁，在任一年三月；二十五年八月八日，伊藤复入阁，在任四年一月，辞职。二十九年九月十八松方复入阁，在任一年四月，辞职。三十一年一月十二日，伊藤再

34,7,9

入阁，在任六月，辞职。三十一年六月三十限板入阁，在任四月；三十一年十一月八日山县复入阁，在任一年十一月，辞职。三十三年十月十九伊藤四次入阁，在任八月。三十四年六月二日，桂太郎入阁，在任四年七月。三十九年一月七日，西园入阁，在任二年六月，辞职。四十一年七月四日，桂太郎入阁。按近年日本内阁，或因不行其志而退，或因民情反对而退，不克久于其位者何也？盖其国体仍为君主，政体乃为立宪，君主者神圣不可干犯之天皇也。国民虽不可干犯天皇，未始不可反对政府。一 事不合，必至更换。此所以为君主立宪也。

初十日　晴。热。下午大雨。前四日由司法省订定，是日参观巢鸭监狱。约定译员使馆随员王盛春君于辰初到寓，同坐人力车，行五里许，至监狱门首。有警兵守门。出示证券，方入。至收发处，将券交使役持入，即引至客室小坐。部长右田氏出而周旋。少顷领往习艺所参观。凡六所，每所分东西南北四号，统计六十四号。每号四五十人不等，皆穿红衣。弹絮有纺纱织布缝衣者。其制铜器作古色，人物鸟兽酷肖，值价二三元。其利十倍。铁器各机器伞骨，皆获重利。编竹为具，木工皮工，各分部所。必其平日习何艺，即作何工，未习者就其性之所近教之。每部贴有格言一纸，隐寓劝戒，对症下药，抬头即见，内愧于心。亦教育之法也。每日习艺时间，计十小时。卧室凡九处三百间，每间约四十方尺，定额七人，有时八人，或且不满定数。其初犯再犯三犯，分别而居。自五犯以上

巢鸭监狱

习艺所分四号

暑月无臭气

者，其室较暗，盥所便所，皆在其中。然暑月亦无臭气。贮有书本，任其展阅。病院二所，一普通院，一精神院。医生四人，药师一人，帮助及调护仍令犯人为之。时令栽花莳竹，运动其身，活泼其心。家属探视，会话之所隔以窗，警弁监督。笔记所言，除家庭事外，非正当事不许谈。家信亦先看明，非正当事不交。会食所，饭用模形，印明某号。据罪轻重、作工勤惰，多少不一。米菜皆恶劣。病者所食则普通也。造食皆用蒸气。大樽数十顷刻皆熟。发电所，皮条包机器，高丈馀，上下冲突不止，凡监内电灯均由此发。另有暗室，暗然无光，不通空气，此为罪人在监犯规不依约束者之所居。阅讫，仍返客室。索其规则。据云向定者不用，现已改订新刑法，尚未颁行，其

此监狱为已定罪者

细节并无印本。此地与东京不同，此为已定罪者，纯由刑法上之关系，东京未定罪者。凡违警者亦入之。此有工场，东京则无之。其区别只此。而工场制造物之原料，由政府给之。造成出卖，所入之利，有以十分之二及十分三四与之者，亦视其罪而定之。现计犯人二千百三十八人，职员警弁、看守使丁，计二百三十四员名，直宿者二十七

地面大于东京三倍

人，其馀司事，皆于酉正归宿。地面大于东京监三倍，规模宏敞。然以三岛之地，不过中国一省之大，重犯至二千馀名，远不及潢文。近比中国一省，有过之无不及，不可谓之政简刑清矣。申初大雨后告退。

十一日　阴。雨。夜大风雨。辰正同译员程铎君坐人

东京监狱

力车行五里许，至东京监狱。收发所交证券，引至接待

34,7,11

所。第一课长逸见君出见，周旋后引至各犯坐卧处详视。计十六所，每所约二十间，间卧七人。恒不满其数。现计犯人八百九十人。内有红衣二百人，无工场，只令拔草平地、搬石运土。煮饭运水各工，多系红衣犯人。罪轻者不与焉。拘留日久者，亦令做工，惟不习艺耳。愿习者须求狱官许可，不给原料，利归本犯。其一举动行止，均有人督随。亦有病院暗室、接见家人处。每日早晚点名出入，只唤号。门口有木牌，书名及犯事由，下书号数，以木板盖其名及事由，只现号数在外。殆所以作养其廉耻之心、不至再犯之意，不亦善乎。然此亦古圣贤所常言，而未实行耳。监内典狱一员，看守长十二员，教诲师一员，医师三员，管药一员，女监守六员，给使数人。是狱系明治三十四年四月起工，三十七年三月竣工，敷地二万二千二百七十坪，坪方六尺。其馀与巢鸭同，惟彼刑事已定之罪，此兼民事未定罪者也。看讫，仍至接待室休息。逸见君索书，为题七绝赠之。欣欣然有喜色焉。日人爱文，可谓极矣。

十二日 晴。热。午前阅日本刑法，午后同程铎君往大桥图书馆一观。此馆建于明治三十三年，费金十三万五千元。阅书者购求览券，一人三钱。览室分男女。楼上楼下可容二三百人。古今中外图书，无所不备。外国书尽英法德文，汉文为一类，和文为一类。汉文书有目录数册，分经史子集，任人择阅。如近时我国张南皮之《劝学篇》、李文忠奏牍，亦无所不有。乃取日本赖襄阳所著 参观大桥图书馆

《日本外史》一观。旋流览汉文集类目录，实有数十年前，中国无从得购者，今俱无所不有。惜为时甚少，不及尽观耳。

列强竞逼悲从中来

十三日　晴。星期。同乡周道万、汪兆鼎、汪汝弼、王理基诸君，请至中国料理馆小酌，行祖饯之礼。畅谈天下大势，列强竞逼，不觉悲从中来。互相勉励一番。席散同至神田购标本数十种而旋。

我国佚书存于日者

十四日　晴。仍偕程铎君至图书馆将我国兵燹天灾佚书存于日本者摘录于后。

宋蜀大字本《尔雅》三卷，郭璞注。宋绍熙本《穀梁传》十二卷，范宁集解。正平本《论语集解》十卷，何晏集解。元至正本《易》程传六卷，程颐传。唐字《老子注》二卷，唐王弼注。宋台州本《荀子》二十卷，宋杨倞注。宋本《庄子注疏》十卷，郭璞注。元本《楚词集注》八卷，朱子集注。宋蜀大字本《尚书释音》一本，旧抄。《玉篇》零本三卷半，即梁顾野王原本。元泰定本《广韵》五卷。宋本重修《广韵》五卷，旧抄。《玉烛宝典》十一卷，杜台卿撰。《文馆词林》十三卷半。《琱玉集零》二卷。北宋本《姓解》三卷。永禄本《韵镜》一卷。宋本《史略》六卷，宋高似孙选。唐写本《汉书·食货志》一卷，颜师古注。唐石经体《急就篇》抄本一卷。麻沙本《草堂诗笺》四十卷，黄鹤集注，即杜甫之诗集。《碣石调幽兰》一卷，《天台山记》一卷，徐灵府选。宋本《太洋寰宇记补阙》五卷半。日本所藏

太洋疑为太平之误

34,7,15

中西之书数千万卷，可谓融洽东西洋之文明，而得其精华者也。其先吸取我国之文明，今复吸取西洋之文明，善于取法，宜其兴也勃焉。

十五日　大雨。闻神乐坂如来寺浴佛，挈宜儿往观。见二门外有石佛一尊，拜佛者先用水从头淋浴数十次。座前燃小洋烛一对，投二三钱于铁柜，不焚香纸，每人执红线结三五十枝，如念珠计经数，自佛前一合手，即望二门外行百十步。又折至佛前合手为一次，捻线一根，口喃喃诵经不止。男女数十，络绎不绝。曩见数十人成群，穿罪衣，灯旗前道，云是朝佛。可见日俗迷信神佛，比中国尤甚。宫寺崇焕，到处皆有，何独中国迷信耶！　日俗迷信神佛，比中国尤甚

十六日　寅初大雷雨，惊醒。忽然地震，楼板屋瓦，响声甚厉，身亦颠播，约两分钟时。稍定即起。天明雨未止。午后一点三刻地复震，半分钟即止。时程铎君在坐，正谈地震之事。所谓天地一震，万物皆动者是也。按日本地濒于海，水行地中，地土不厚。每当久热，火山熏灼，热度上升，阴雨下降，温气磅礴，无处发泄，郁为地震。无怪其然。旅客则以为奇也。自四月至今，未作家书。忽得家报，直可抵万金耳。　地震

十七日　晴。巳初偕程铎君乘电车至浅草公园一览。　浅草公园　周围五里许，内演剧及各种艺术者甚夥。行数十步，见高髻女子，身系绛裙，列阵而行，嬉笑为乐，颇有优游之致，乃女学生也。考日本女子，从前皆用大带缠腰，后经文部省考察，有害卫生，乃易以裙。我国女子，缠足之

弊，朝廷禁之，民间虽稍改，然弱种弱国，莫过于此。开通风气，女学不得不兴也。至水族馆，购券入观。各种鳞介，奇形怪状者甚多。四围障以玻璃，中间用自来水贯注之，使有游泳之乐。有海驴毛黑色，大如百斤之豕，见人则涌出水面，投以鱼则张口噬之。膃肭兽具头似犬，身若豕，腹下有一鬐，能伸缩自由。前二鬐似足，能左右伸缩。出购券进动物院，有二象二狮一虎一豹，猴类尤多，有蜡制人刑，面目衣褶，无异八百罗汉，约尺高无同相者，生人。日人精于美术，神手技矣。

开通风气女学不得不兴

十八日　晴。巳正程君来寓，复邀至浅草公园一游，以前日未尽所观也。登凌云阁，计十二层，高二十四丈，颇雅致。缘梯而上，直至十二层乃休息。纵观太平洋，水天一色，隐约莫辨。俯视街市及公园内屋宇，恍如鱼鳞万片。每层设日露战争事影片甚多。海战陆战，从显微镜中窥之，恍若身临战场。观《日俄战纪》，而知日本将帅，平日之能取信于其下，与士卒之能用命于其上，皆非一朝一夕之故。大石桥之役，既已血战两昼夜，未尝片刻休，其疲劳固不待言。而复率之以行夜袭，收出奇制胜之功，必其幼时有爱国之理想，印入脑筋，而后可收其效。盖日人于十年前即将俄人横暴贪诈凌蔑日本、必为患于亚东之情形，列入小学教科书中，故无人不恨俄人。虽盲哑学生，无不切齿。自退还辽东以至今日，其积恨至深，故爆发至烈。其破辽阳，陷旅顺，占领奉天，逾铁岭以恢复库页岛为目的。海陆各军，有破竹之势，皆非幸致也。我国

复游浅草公园

34,7,19

数十年来，失地甚多，何不将小学校地图，以台湾、辽东、香港各处，作为彩色，使童儿尽知国耻，启其报复之心？返寓作国耻二绝。

十九日　阴。下午大雨。同乡留学诸君，于江西事务所开会送别，请留纪念。午初程君相邀，挈宜儿至会所。人齐开会，各有赠言。湘亦演说一遍，互相勉励。散后至中国馆酌酒畅谈。

二十日　晴。星期。巳初同程君坐电车往日比谷公园一玩。是园颇大，树木花卉甚多，无动物。有东乡大将，手植树一株，佳木繁阴浓翠如滴。下置椅榻，任人休息，别有佳趣。不似上野之热闹、浅草之混杂。盖人久居闹市，车马交通，脑筋国之昏蔽。一见花木芬芳吸呼新鲜空气，脑质为之活泼，心地亦为之光明。此西洋各国，凡都市愈大者，公园愈多，实为卫生计也。循行曲径，绿树丛中，茅亭在焉。游人休息其中。幼女稚子，或打秋千，或抛皮球，群相嬉戏。独怪夫游人虽多，从未有折一草一叶者。岂国民程度甚高欤？抑教育使之然乎？窃羡慕之。

日比谷公园

游人虽多未有折一草一叶者

二十一日　五更大风雨，早阴午晴。巳初同宜儿邀程铎君游上野公园，至门口下车，见对面不忍池，荷花盛开。行数十级入园，见西乡隆盛铜像，有赞。西有观音大士宫，僧人诵经。有女学生运动跳舞，美术会，金工竞技会。路旁有宽永十年建忠臣总坊。至动物院购券入口，见二象，豹小如狗，黑熊五，白熊二，大如牛，时浴于水，出岐阜，臊气不可近，世界猛物也，虎豹畏之。孔雀鹦歌，大致如常。至水族洞阅未久，忽大雨。怅然而返。

参观上野公园帝室博物院

二十二日 巳正。同程君仍往上野公园，购券入帝室博物院观之。规模甚大，陈列物品分历史部、地质部、动物部、各国风俗部、人种部、图书部、天产部。历史部，则陈列古代器具、军械衣物、车舆钱币、学校用品、乐器女饰，以形容其苦窳钝拙、动人巧拙、灵顽相反之思想。乐器有我国古时箜篌，钱币有秦半两、汉八铢。上古遗物中，有石椁多具，残缺土偶。恍然若置身太古。天文部有陨石数十，大者如橘，书曰西历一千三百年，陨于法；小者如柚，一千四百六年陨于俄。又其一为明治十年所陨者。又陨铁数块，周方寸半许。地质部，则博采金银铜锡汞诸矿物。矿石中有象胫鲸鱼，马足所变者，奇观也。动物部，则世界之鸟兽虫鱼，无物不具。古物有《玉篇》《说文》，画有恽南田、唐寅、板桥墨迹。惟外国风俗部，有瓷制无足及弓鞋一，题曰"广东十五岁女子之足"。又有泥造人形，因嗜鸦片而为妻所殴、作觫觳之状者，均题曰"支那风俗"，触目惊心，可为痛恨。遂下楼。忽见有战胜俄人所获之巨炮及甲午之役战胜我国所获之刀枪斨戟，题曰"辽东之战，所获清国兵器"。噫！彼之光我之耻也！不忍卒视，同程君慨然而返。

风俗部之"支那风俗"可为痛恨

二十三日 晴。热。巳初，偕程君往日比谷诸官省一观。殿宇高耸，规模壮丽，一望而知为中兴行政处也。考日本政治分三种：一立法，二司法，三行政。行政官衙分为二：一中央政府，二地方行政厅。厅，衙也。中央政

日本政治行政官衙

34,7,23

府，总理全国行政事务。若地方行政厅，则各承中央政府之命，而理其地方行政事务。中央分外务、内务、大藏、陆军、海军、司法、文部、农工商及递信，共九省。外务省管外交事，内务省管地方行政事，大藏省管每岁支出收入事，司法省管全国讼狱事，文部省管通国教育事，农工商务省及递信省，则管铁道、邮电、造船诸事，均日本中央行政之机关。议院议之，内阁奉行。各负责任无废弛之忧，故政治完美达于极点也。

政治完美达于极点

二十四日　晴。热。考察早毕。因公使交接，守候回文，随处咨考。昨托程名纳其友日人安村良公者一谈。见其人年三十许，甚温和，系早稻田大学政学士也。见面略叙套语，即询其通常府县行政机关如何。安村云：敝国地方行政，分东京、京都、大坂为三府，共四十三县，置台湾总督、桦太都督、北海道厅，其行政之制，迥与府县不同。府县官谓之知事，掌其境内行政事务。分府县曰市曰郡，分郡曰町曰村。市置市参事会，市民公选议员，议员互举参事会员。参事会有市长，与参事会员俱任市中行政。但市长亦市民公举。郡有郡长，町有町 长，村有村长，各任其部内行政之事。而郡长监督町长，村长郡长市长所行，则府县知事又监督之。府县知事所行，则诸省大臣又监督之。譬如警察事务，则听于内务大臣；农工商业，则听于农商务大臣；教育则听于文部大臣是也。此其大较也。若欲间其详，请俟他日书明报告。程君译成清语，遂详记之。

程名疑为程君之误

日本地方行政之制

二十五日　晴。巳初偕程君赴神田购丸药书卷。见百十钱小件，亦有政府抽税印花。至向上馆同乡处夜饭，谈及日本赋税颇重。自日露战争以来，虽获胜利，然国家颇支绌，故各税较前增加数倍。而国民亦不怨者，其一由人民富于爱国之心，其二由于政府毫无中饱弊。考其人民纳税义务有三：一曰国税，此税归政府征收为国家办事之经费，日皇费用，每年以三百万元为限；二曰府县税，由府县征为办事之经费，三曰郡市町村税，由郡市町村征为办事之经费。先期将各种费用筹画多寡，列为预算表，交议会议决后乃征之。何项用费若干，须决算布告，杜官吏有滥用之弊。另设会计检查员，以便随时调查。然其税之名目甚多，以酒税、地租税、关税、营业税为大宗。凡人民职业所得，至三百元以上者，纳课百分之一，谓之所得税。若地租税，每年满十元者，有举议员之权。其取之于人民，仍为人民经营其事。官吏无中饱之弊，人民得选举之权，故税虽重而民不厌其诛。求此中正有原因也。

日本赋税税较前重国民不怨

二十六日　晴。早赴公使馆，王盛春君代领出回文。回至贮蓄银行，假结帐取币之名，以为考究之资。据云，日本维新以前，本无银行制度。至明治三年，伊藤博文在美国，以其与日本封建时代相同，乃取美之银行法律，回国创办。又得井上馨等之赞成。五年发行国立银行条例。其大旨原为商业汇兑便利，主理人为涩泽经济家。初定名为“银铺”，后取中国洋行之名，改名“银行”。是为日本有银行之始。欧洲各国银行，有国立私立之别。国立之

贮蓄银行

日本银行发展情形

34,7,26

信用，似较私立为重。然日本银行，系私立之公司，由政府派官监督之，有发行纸币之特权。今试举银行利益之效果而述之。其一使财货易于流通，私蓄者不患灾变，且获利息，而银行亦乐货币之流通。其二使国民广于贮蓄，其法无论一角一分，均可存行生息。其三使货币不稍停滞，其利益。山海间隔，每多阻滞，危险可虑，旷日尤失利权。有银行兑汇，其迅速固不待言。为国家增贮藏，为社会增幸福，莫过于是。二十世纪之时代，经济竞争之时代也。故中国欲振兴财政，则必以广设银行为第一目的。

二十七日　晴。大风。昨见日本报载太白金星昼现。是日一观，果见金星现于西南焉。使馆王君代向木下胜次郎购定营口丸海舶券，准于八月初二日由神户开往塘沽。下午至使馆禀辞，领护照。　使馆禀辞

二十八日　雨。至神田鹤卷町各同乡辞行，收检行李。

二十九日　大雨。未正曾有澜、程铎君来寓，代发行李。申初同宜儿往新桥车站，适王盛春、周道万、汪汝弼、木下诸君来送行。酉正上火车，与诸君握手话别，脱帽行礼。汽留一声，顷刻不见。不禁黯然魂消。　汽留疑为汽笛之误

三十日　早过西京，即日皇三十年前建都之地。房舍人民，较东京古朴。巳初抵神户，友人费欣三挈同和栈主，到车接待。领事春君赴东京，新领事未到。帐房韩君，陪至陈列所一视。到狐仙宫，颇壮丽，朝拜者极多。可见日人之信仙佛，信于中国。此地有中国街，手艺者　到神户　神户有中国街

多。贾客贩棉花、豆子来此，即在大坂办海货回国。

［八月］初一日　晴。上午至半山中生田宫一看。相传生田为明时人，造巨舶入中国，被戚继光大败，全军尽没，一人生还。未竟其志，立宫祀之。下午费君及留学戎君，邀往三江会馆一览。旋坐电车出街，至春日道郑廷振君花园小憩。郑君为保险公司司事，系日本富家赘婿。以二万金购此园，日居二十年，日人不知其为寓公。庚子后虽揶揄华人，亦不忌郑也。树木阴森，回环曲径。鱼池之中夹有虹硚，奇花异草百馀种，皆海舶带自西洋各国，而为日本所仅见者也。各国桂花六十馀株，黄金初锭，扑鼻芬芳。盆景数百，竞巧争奇。地虽不大，幽雅有馀。玩讫入室小酌。傍晚电灯齐发，光明如画。辞出仍坐车至三元宫一玩，此亦祀狐仙者。内有戏园夜市，店户数百家，游人如蚁。略一游眺，时计已十一点矣。郑戎二君，送回栈房，匆匆而别。

郑君为日富家赘婿

初二日　晴。辰初发行李，巳初上营口丸，亦株式会社邮船也。巳正启碇。天津留学生岳世熙君，同坐二等舱。尚有卒业生四人，均赴北京者。日人冈田君，系顺天法政学堂教习，夫妇同行。时与周旋共返。

抵门司

初三日　晴。巳正抵门司。上岸午酌。市面不长，生意不大，华人极少。贸易人皆住北岸马关，一水之隔，早出晚归。以此地向北，不如马关背山向南，地气和暖也。未正展轮。

初四日　晴。星期。卯正至长崎。同岳君至第一楼午

34,8,5

酌。未正启碇，出黄海。夜间风大船播。

初五日　晴。辰初入朝鲜海口。闻此处危险。午正过朝鲜境。靠岸行相距仅半里耳。酉刻入黑水洋。幸无风浪。 过朝鲜境

初六日　晴。午初过威海。申正抵烟台。同岳君上岸晚酌，饮食便宜，不及日本三分之一。惟街道之污积，人民之秽形，不可言状。而戏园则胜于日本。夜半回船。 抵烟台

初七日　阴。午正启碇。过渤海夜雨。

初八日　大雨不止。辰初抵大沽，带雨下小轮。巳正抵塘沽，起岸，至栈午饭。未初上火车。申初到天津老车站。暂住栈房。行装书卷图画尽被雨湿。此次自四月底由申启行，三月有馀。所每日考察。幸贱体耐劳，精神强壮也。然两番东渡，眼界稍宽，见闻稍广，而资用加倍。以一寒士自投供，迄今十八年中，颇形竭蹶矣。 返抵天津

左湘钟东游日记

人名索引

八画

九画

走向世界丛书一百种

初编三十五种以＊标出

谢清高 **海录**
＊ 容 闳 **西学东渐记**
＊ 林 鍼 **西海纪游草**
＊ 罗 森 **日本日记**
＊ 斌 椿 **乘槎笔记**
＊ 张德彝 **航海述奇**
＊ 王 韬 **漫游随录**
＊ 志 刚 **初使泰西记**
＊ 张德彝 **再述奇**（欧美环游记）
＊ 张德彝 **三述奇**（随使法国记）
王 芝 **海客日谈**
＊ 祁兆熙 **游美洲日记**
＊ 李 圭 **环游地球新录**
＊ 郭嵩焘 **伦敦与巴黎日记**
＊ 张德彝 **四述奇**（随使英俄记）
＊ 黎庶昌 **西洋杂志**
＊ 刘锡鸿 **英轺私记**
李凤苞 **使德日记**
钱德培 **欧游随笔**
＊ 何如璋 **使东述略及杂咏**
＊ 张斯桂 **使东诗录**
黄遵宪 **日本国志**
＊ 黄遵宪 **日本杂事诗**〔广注〕
陈兰彬 **使美纪略**
＊ 曾纪泽 **出使英法俄国日记**
＊ 王 韬 **扶桑游记**
＊ 徐建寅 **欧游杂录**
谭乾初 **古巴杂记**
王之春 **谈瀛录**
＊ 李筱圃 **日本纪游**
池仲佑 **西行日记**
蔡 钧 **出洋琐记**
袁祖志 **瀛海采问纪实**
张祖翼 **伦敦竹枝词**
王以宣 **法京纪事诗**
潘飞声 **西海纪行卷**
潘飞声 **柏林竹枝词**
潘飞声 **天外归槎录**
张荫桓 **三洲日记**
邹代钧 **西征纪程**
王咏霓 **道西斋日记**
张元济 **环游谈荟**
余思诒 **楼船日记**
缪祐孙 **俄游汇编**
张德彝 **五述奇**
＊ 傅云龙 **游历日本图经馀记**
傅云龙 **游历美加等国图经馀记**
洪 勋 **游历闻见录**
崔国因 **出使美日秘国日记**
＊ 薛福成 **出使英法义比四国日记**
＊ 薛福成 **出使日记续刻**
陈道华 **日京竹枝词**

严　修 **东游日记**
姚鹏图 **扶桑百八吟**
凤　凌 **游馀仅志**
* 黄庆澄 **东游日记**
吴宗濂 **随轺笔记**
宋育仁 **泰西各国采风记**
王之春 **使俄草**
伍廷芳 **美国视察记**
* 蔡尔康等 **李鸿章历聘欧美记**
张德彝 **六述奇**
刘学询 **考察商务日记**
黄　璟 **考察农务日记**
罗振玉 **扶桑两月记**
罗振玉 **扶桑再游记**
丁鸿臣 **东瀛阅操日记**
沈翊清 **东游日记**
* 梁启超 **新大陆游记**
张德彝 **八述奇**
载　振 **英轺日记**
吴汝纶 **东游丛录**
双　寿 **东瀛小识**
缪荃孙 **日游汇编**
周学熙 **东游日记**
* 单士厘 **癸卯旅行记**
凌文渊 **籥盦东游日记**
张　謇 **癸卯东游日记**
蒋　煦 **西游日记**
王景禧 **日游笔记**
陈　琪 **环游日记**
* 康有为 **意大利游记**
康有为 **德意志等国游记**
康有为 **英国游记**
* 康有为 **法兰西游记**
韩国钧 **实业界之九十日**
李濬之 **东隅琐记**
盛宣怀 **愚斋东游日记**
* 戴鸿慈 **出使九国日记**
金　鼎 **随同考察政治笔记**
* 载　泽 **考察政治日记**
程　淯 **丙午日本游记**
康有为 **西班牙等国游记**
杨泰阶 **东游日记**
文　恺 **东游日记**
左湘钟 **东游日记**
吕珮芬 **东瀛参观学校记**
* 林汝耀 **苏格兰游学指南**
* 单士厘 **归潜记**
金绍城 **十八国游记**
附 艾儒略 **职方外纪**
附 南怀仁 **坤舆图说**
附 丁韪良 **西学考略**
附 艾约瑟 **西学启蒙**

图书在版编目(CIP)数据

东游日记三种/(清)杨泰阶,(清)文恺,(清)左湘钟著.
—长沙:岳麓书社,2016.8
(走向世界丛书/钟叔河主编)
ISBN 978-7-5538-0588-7

Ⅰ.①东... Ⅱ.①杨...②文...③左... Ⅲ.①日记—作品集
—中国—清后期 Ⅳ.①I265.2

中国版本图书馆 CIP 数据核字(2016)第 078617 号

DONGYOU RIJI SANZHONG

东游日记三种

作　　者:杨泰阶　文　恺　左湘钟
校 点 者:朱发建
责任编辑:杨云辉
责任校对:舒　舍
封面设计:吴颖辉　贺红梅

岳麓书社出版发行
地址:湖南省长沙市爱民路 47 号
直销电话:0731—88804152　88885616
邮编:410006
岳麓书社网址:www.yueluhistory.com

2016 年 8 月第 1 版第 1 次印刷
开本:890×1240　1/32
印张:7.375
字数:165 千字
印数:1—3 000
ISBN 978-7-5538-0588-7
定价:38.00 元

承印:长沙超峰印刷有限公司

如有印装质量问题,请与本社印务部联系
电话:0731—88884129